순간을 산다

순간을 산다

초판 1쇄 2024년 4월 30일

지은이 우희준

발행인 주은선
펴낸곳 봄빛서원
주 소 서울시 강남구 강남대로 364, 1210호
전 화 (02)556-6767
팩 스 (02)6455-6768
이메일 jes@bomvit.com
홈페이지 www.bomvit.com
페이스북 www.facebook.com/bomvitbooks
인스타그램 www.instagram.com/bomvitbooks
등 록 제2016-000192호

ISBN 979-11-89325-13-8 03810

94년생 미스코리아 우희준의
특전사·카바디 국가대표 갓생기

순간을 산다

★ 우희준 지음

봄빛서원

추천 글

우리는 어릴 때 동화책에서 용기가 무엇인지 배웠지만 세월과 경험은 그 가치를 잊게 했다. 저자는 한마디로 '용기 있는' 젊은이다. 기회를 놓치지 않고 용기와 뒷심으로 도전을 선택한다. 초지일관 '긍정적 마인드'로 스스로를 위로하고 칭찬하고 때로는 채찍질도 가차없이 한다. 이 책은 후퇴하지 않고 전진하면서 기쁨과 희망의 마인드로 목표를 이루는 구체적인 노하우를 알려준다.　**조주희** ABC 뉴스 서울지국장, 글로벌 특파원

'군'이라는 특수한 조직 생활을 38여 년간 했다. 제2의 직업으로 어릴 적 꿈이었던 교수가 되어 학생들을 가르치면서 후회 없는 인생이 무엇인지 생각해 본다. 자신의 의지대로 미래를 그리고 사는 삶이다. 특전사 군복을 입은 당당한 우 중위의 모습이 그랬다. 자랑스러운 후배다. 신바람나게 도전하고 꿈꾸는 삶을 이루려는 청춘들에게 이 책을 추천한다.
남영신 제49대 육군참모총장

저자는 인생의 역경과 고난을 도전의 강력한 동기로 삼는다. 『순간을 산다』는 도전에 성공하고 싶은 이들에게 명쾌한 해답을 제시한다. 자신의 한계를 이겨내고 승리를 경험하게 한다.　**박한기** 제41대 합동참모의장

『순간을 산다』를 읽다 보면 누군가가 사랑하는 상대에게 쓴 글 같다. 얼마나 자신을 사랑해야 이런 책을 쓸 수 있을까. 잘한 일에 용기를 얻고 실패한 일에 위로를 받는다.　**엄지윤** 개그우먼

때때로 나태하기까지 한 마음에 불씨가 일게 한 책이다. 누구나 쉽게 경험할 수 없는 저자의 인생에서 세상을 향한 열린 시선을 얻었다.　**한해** 랩퍼

하루를 순간으로 나눠서 살면 어떨까? 이 책을 읽으니 순간의 선택으로 인생이 더 소중해질 것이라는 확신이 든다.　**김호영** 뮤지컬 배우

매순간 열정과 진심으로 사는 저자와 동고동락하면서 존경심을 느꼈다. 도전이 두려워서 시작조차 못하는 분들, 한 번 사는 인생 즐겁게 살고 싶은 분들이 이 책을 읽는다면 당장 무언가 하게 될 것이다.　**이정연** 공병중대장

빛이 밝을수록 그림자는 짙고 그림자 옆에는 보란 듯이 밝은 빛이 존재한다. 그림자마저 밝아야 했던 저자의 삶이 고스란히 드러난 글이다. 어느새 그림자마저 밝아진 '순간'이 담긴 책이다.　**전예린** 정보분석장교

발랄한 어린아이 같으나 어른스럽고, 놀고 싶어 하지만 이게 누구인가 싶을 정도로 전문성의 카리스마가 넘친다. 무지개처럼 다채로운 그녀의 빛깔이 이 책에 녹아 있다.　**윤성현** 대테러정보장교

뭐든 열심히 잘하는 친구라는 걸 알기에 출간을 손꼽아 기다렸다. 책을 읽고 저자의 동력을 알았다. 레바논에서 같이 라면을 나눠 먹은 파병 동료로서 미래의 도전을 기대하고 응원한다.　**이보림** 간호장교

어렸을 때부터 앉아서 책을 읽는 것보다 나가서 뛰어 놀기를 좋아했다. 글을 쓰는 시간보다 몸을 써서 운동하는 시간을 좋아했다. 나의 이야기를 하는 것보다 다른 사람의 이야기를 듣는 걸 좋아했다.

책을 내는 작가로서 부족함과 부끄러움이 컸기에 출판을 결정하기까지 오랜 시간 고민했다. 내 이야기를 궁금해하고 듣고 싶어 하는 사람들이 있을지, 인터뷰에서 말하는 객관적인 사실이 아닌 말로 표현하지 못하는 진심을 글로 잘 풀어낼 수 있을지 걱정과 두려움이 앞섰다.

마음 가는 대로, 하고 싶은 대로 살았을 뿐인데 많은 분들의 공통된 질문을 받았다. 새로운 분야에 도전하는 용기, 남들과 다른 선택을 하는 것에 대한 궁금증이었다. 강연과 인터뷰는 질문에 대한 답을 하기에 시간적으로나 물리적으로 제한이 많아서 출판을 하게 되었다.

책 제목을 정할 때 나다운 모습을 생각해 봤다. 『순간을 산다』는 그에 딱 맞는 표현이다. 1분 후에 어떤 일이 생길지 모르기에 오늘도 긴 시간이다.

순간에 집중하고 최선을 다하는 일만이 나를 지키고 사랑하는 가장 확실한 방법이다. 그 순간이 모여 오늘이 되고 1년이 되고 인생이 된다.

혼자 있는 시간이 좋고 약속이 취소되면 좋아한다. 내향성이 90퍼센트가 넘는 사람이 책 한 권의 분량으로 속마음을 털어놓았다. 뜻깊은 시간이었다.

기쁨과 슬픔, 좌절과 영광 모든 순간을 책에 담으려고 노력했다. 글을 쓰며 솔직하고 당당하지 못했던 어린 시절 우희준과 직면하는 순간이 있었다. 그 시절의 나를 보듬고 치유했다.

이 세상에 무모한 도전은 없다. 아무것도 하지 않는 게으름만 있을 뿐이다. 이 책은 결핍을 채운 도전의 산물이다. 도전의 관객이자 미래의 한 순간을 공유할 독자들에게 감사의 인사를 전한다. 책의 한 줄에서라도 마음의 울림을 받고 어떤 일을 시작할 에너지를 얻길 바란다.

부족하고 어리석고 소심한 나에게 관심을 갖고 책을 펼친 여러분의 앞날에 꽃길이 함께하길 응원하고 기도한다.

봄날의 순간
우희준

차례

PART 2 ─────────────────

재미가 있어야
의미도 남는다

PART 3

진심이 있어야
열심히 한다

PART 4 ────────────

순간의 후회는 해도
선택의 후회는 없다

PART 5

나에게 집중하는 시간이
미래의 자산이다

PART 1

한 번뿐인 인생
하고 싶은 대로 살 수 있을까

2019 미스코리아 선

인생은
마이웨이

＊

        서른의 문턱에서 20대를 돌아본다. 감히 인생을 논할 수는 없지만 숨가쁘게 달려온 지난날을 떠올리며 첫 장을 쓴다.

    그동안 3대를 거쳐 왔다. 공대, 군대, 국대. 여학생 수가 적은 공대에 입학해서 졸업했고 여군으로 군에 입대했다가 특전사로 레바논 파병을 다녀온 후 전역했다. 카바디 국가대표팀 선수로 뛰었다.

    어떤 집단이든 다수와 소수가 있는데 항상 소수자였다. 공대 여학생, 군대에서 여군, 비인기 종목 카바디 국가대표 선수까지. 여성의 권리를 높여달라고 주장한 페미니스트도 아니었고 비인기 종목의 지원을 늘려달라고 제안한 용감한 선수도 아니었다.

돌아보니 있는 자리에서 다양한 편견에 맞서 살아왔다.

'내가 더 열심히 해서 지금 상황을 좋게 해야지' 하는 마음으로 주어진 하루하루 맡은 일을 했다. 원하는 결과가 나올 때도 있고 그렇지 않을 때도 있었지만, 하고 싶은 일을 마음 가는 대로 시작할 수 있다는 기쁨을 누리며 살았다.

진짜 마음의 소리에 귀기울이고 나를 위한 결정을 하고 나면 오늘이 아니라 순간을 산다는 각오로 집중했다. 때로는 다수와 다른 길을 걷는 것이 외롭고 힘들었지만 '인생이 탄탄대로면 재미없지' 하는 마음으로 견디고 버텼다.

남들에게 주목받고 멋있어 보이려고 한 일이 아니라 마음 가는 대로 하고 싶은 대로 한 선택들이었다. 대학교를 먼저 진학하지 않고 고졸자로 취업을 한 결정부터가 시작이었다.

한 번뿐인 우리 인생의 크고 작은 선택이 훗날 어떤 결과를 낳을지는 아무도 모른다. 그 선택의 중심에는 내가 있어야 하고 모든 결과에 대한 책임 또한 오롯이 나에게 있다. 타인의 조언을 경청할 필요는 있지만 그 말이 절대적이지 않는 이유도 여기에 있다. 부모님과 형제자매, 친구와 선생님 등 그 누구도 내 인생을 살아 주지 않는다. 몇 마디 말로 거들 뿐이다.

인생은 마이웨이, 홀로 항해하는 것이다.

경험이 기회로
미스코리아

*

대치동에 일타 강사가 있다면 미스코리아 당선을 위한 일타 원장님이 있다. 한 번도 미스코리아를 직업으로 생각해 본 적이 없었기에 처음 경험한 세계였다. 남초사회에서 외모를 꾸미는 일과는 거리가 먼 삶을 살았던 터라 미스코리아 대회의 경험은 꿈만 같았다.

여느 때처럼 카바디 선수로서의 훈련과 ROTC 군사 훈련으로 하루하루를 보내던 날이었다.

휴대폰으로 날아온 문자 한 통에 내 눈을 의심했다.

'2019 부산울산 미스코리아 예선 서류 합격을 축하합니다.'

미? 미스코리아? 내가 아는 미스코리아가 맞나? 수신자 번호를 잘못 입력한 오류거나 스팸 문자겠지. 해당 번호를 검색해서 확인 전화를 걸고 나서야 알았다. 동명이인도 아닌 94년생 우희준이 예선에 합격한 게 사실이었다.

어이가 없었다. 내가 지원하지도 않은 대회에서 예선 합격이라니 말이다. 수소문을 하기 시작했고 머지않아 과정의 진상을 알았다. 대학교 후배들이 이 사단을 벌인 장본인이었다. 캠퍼스에 걸린 2019 미스코리아 대회 현수막을 보고 장난으로 내 사진을 캡처해서 신장과 몸무게를 어림잡아 지원서에 기입하여 제출했다. 헛웃음이 나온 것도 잠시 후배들에게 정색을 하고 화를 냈다. 대회에 참가하지 않고 어떻게 중도 포기할 수 있을지 방법을 찾기 시작했다. 그날 밤, 순간 머릿속을 스쳐 지나간 아이디어로 20대를 완전히 바꿔버리는 선택을 하게 되었다.

"카바레요?"

당시 카바디는 지금보다도 더 알려지지 않은 비인기 종목이었다. 이름조차 생소한 운동이었다. 어디를 가도 이 운동 종목을 알고 있는 사람이 없었다. 쉽게 설명을 해도 들으려고 하지 않았다. 국내 기업의 후원은 물론 공식 훈련장과 실업팀조차 없는 열악한 상황이었다.

미스코리아 대회는 큰 미디어의 주목을 받는 좋은 기회이니 나가서 당선은 당연히 되지 않겠지만 "카바디 선수입니다"라고 한마디를 하는 것이 엄청난 홍보 효과가 있지 않을까 하는 판단이 들었다. 지금까지 카바디를 알리기 위한 수많은 홍보 활동과 강습회, 중국까지 가서 카바디를 보급하려고 노력한 수고보다 훨씬 더 큰 파급력이 있겠다는 생각에 대회에 참가하기로 했다.

역발상이었다. 미스코리아로 당선이 되기 위해 카바디 선수라고 어필하는 게 아니라, 카바디를 알리기 위해 미스코리아 대회에 참가한 것이었다. 또 한 가지 희망사항은 학군단 후보생의 신분이었기에 현실적인 편견에 맞서 고군분투하는 여군의 존재와 위상도 함께 알리고 싶었다.

학군단 후보생으로서 학교 내 운동장에서 남자 동기 후보생들과 운동하고 전투복을 입고 훈련을 할 때마다 지나가던 몇몇 어르신들에게 대놓고 무시를 당했다.

"여군이 무슨 군인이야?"

"여자가 왜 군대를 가려고 해? 훈련에 방해만 되지."

"남군만큼 능력이 없으니 행정 업무만 하다가 전역하겠지."

편견 어린 말들을 수없이 들으며 따가운 시선을 받았다. 처음에는 고개를 숙였고 다음에는 도망갔다. 이런 상황이 반복될 때마다 태도와 생각이 점점 바뀌고 있었다. 성별이 여자이기 때문에 여군으로 불리는 것은 어쩔 수 없지만 여군이라는 테두리 안에서 나의 능력을 그 틀 안에 제한시켜 폄하해 평가하는 것은 참을 수 없었다.

육군의 특급 체력 측정 기준은 남군과 여군이 달랐지만 항상 남군 기준에서 특급 성적을 받았다. 특히 3킬로미터 달리기의 경우 남군의 특급 기준이 12분 30초인데 11분대를 기록했다. 사격과 군사 교육 성적도 상위권이었다. 2년간 학군단 우수후보생으로 장학금을 받고 방학 때마다 이어지는 하계·동계 모든 군사 훈련에서도 항상 상을 받았었다.

겉으로 보이는 생물학적인 성별만으로 평가를 받는 일상에 지쳐 있었다. 미스코리아 대회에 출전해서 기회를 얻는 것이니 그동안 겪은 편견에 당당히 맞서고 싶었다. 더도 말고 덜도 말고 그저 한 명의 군인으로서 바라봐 주길 바란다고. 객관적인 기준으로 평가받길 원한다고 말이다.

기죽을수록 당당하게
노빠꾸 직진

＊

"운동선수가 굳이 왜요?"

"곧 군대에 가신다고요?"

"화장은 한 거예요?"

"피부가 원래 그렇게 까매요?"

부산·울산 지역 미스코리아 본선 현장에서 심사위원들에게 받은 질문들이 아직도 생생하게 귓가를 맴돈다. 다들 신기하다는 눈빛으로 위아래로 훑으며 물었다.

해운대에 위치한 본선 대회 장소인 호텔에 도착했을 때 쥐구멍이라도 있으면 숨고 싶은 심정이었다. 내 딴에는 나름대로 열심히 준비해서 갔다. 운동할 때 흘러내리지 않게 항상 질끈 묶던 머리를 고대기로 정성스럽게 폈다. 평소엔 선크림만 대충 발랐는데 룸메이트의 화장품을 빌려 얼굴에 꼼꼼하게 발랐다. 친구에게 빌린 구두를 신고 옷도 그날만큼은 운동복이 아닌 청바지에 셔츠를 다려 입고 갔다.

호텔에 도착하자마자 30분 동안 안으로 들어가지 못하고 화장실에 들어가 숨었다. 다시 집에 돌아가야 하나 마음속 갈등이 심했다. 나를 제외한 모든 참가자들은 이미 미용실에서 풀 메이크업을 받고 왔다. 프로의 손길이 느껴지는 화장에 몸에 딱 붙는 원피스를 입고 최소 10센치미터는 넘어 보이는 구두를 신고 준비해 온 자기소개서를 외우고 있었다.

그에 반해 내 모습은 평범한 대학생이었다. 솔직히 말하면 초라하기 짝이 없어서 부끄러웠다. 밖에서는 단정한 대학생 복장인데 대회를 준비하는 후보자들 틈에선 이방인이나 다름없었다. 혹시 현장 스태프로 알지는 않을까, 미스코리아 후보자 같지 않아서 다시 돌아가라고 하면 어쩌나 걱정이 커졌다.

새벽부터 울산에서 부산까지 온 수고가 아까워서 용기를 내어 심사장으로 들어가 허겁지겁 정해진 순서에 따랐다. 그날 저녁 무대에서 마지막 심사가 있었다. 다른 후보자들은 워킹과 스피치 마무리 연습 중이었고 전속 미용실 원장님과 아카데미 강사들이 와서 화장을 도와주고 있었다.

내가 할 수 있는 건 주섬주섬 빌려온 화장품으로 옆 후보자들의 모습을 거울 너머로 보며 화장을 흉내내는 일뿐이었다. 발이 불편해 익숙하지 않은 친구의 구두를 신고 후보자들과 같이 걷는 연습을 하였다.

중요한 건 꺾이지 않는 마음이 아니라 꺾여도 앞으로 나가는 것이다. 마음이 꺾여도 노 빠꾸, 직진이다. 정신을 차려 보니 부산·울산 지역 미스코리아 본선 대회 선으로 뽑혀 있었다. 얼떨떨했다. 기적 같은 일이 벌어진 것이다.

당연히 떨어질 줄 알았기에 부모님에게도 대회 출전을 알리지 않아서 전화로 소식을 알렸다. 인터넷에 실린 기사를 본 친구들의 연락이 끊임없이 쏟아졌다.

'어떻게? 내가? 미스코리아라고? 왜? 어떻게 된 일이지?'

궁금한 나머지 심사위원 분들에게 질문을 했다.

"왜 저를 뽑으셨는지요? 이유가 궁금합니다."

"똑같은 후보자들 사이에서 유독 튀었어요. 처음엔 피부가 혼자 까맣고 어설프게 꾸민 모습이라 튀었는데 나중에는 당당하게 자신의 의견을 표현하는 모습에서 지금껏 보지 못한 건강한 미를 느꼈어요."

사람의 마음은 상황에 따라 변한다. 방금 전까지만 해도 심사위원들에게 무시를 당하는 기분이 들었는데 그동안 내가 선택한 삶의 가치를 존중받은 것 같았다.

미스코리아 대회에 왜 나왔냐고 묻는 질문에 이렇게 답했다.

"저는 카바디라는 종목의 국가대표 선수이자 내후년에 군에 임관하는 예비 육군 장교입니다. 미스코리아 대회는 군인이 되기 전에 경험을 해보려고 출전했습니다. 카바디라는 종목을 알리고 여군으로서 받은 편견에 맞서고 싶어서 나왔습니다."

"어떤 미스코리아가 되고 싶으신가요?"

"운동선수와 준군인으로서 다져진 강인한 체력과 정신력으로 대한민국을 알리고, 일부 사람들이 갖고 있는 여성이라는 성별 안에 가둔 차별과 한계에 당당히 맞서고 싶습니다. 그 편견을 깰 수 있는 저만의 건강한 미를 보여주는 미스코리아가 되고 싶습니다."

익숙하고 획일화된 답으로 나를 꾸미지 않고 있는 그대로의 모습에 충실했다. 솔직하게 하고 싶은 말을 했다. 개성을 드러낸 차별화가 결과에 긍정적인 영향을 주었다.

후배들의 장난으로 시작한 일이 점점 커지고 있었다.

나의 이야기와 카바디에 대한 소개를 내가 속한 지역에서 할 수 있어서 뿌듯하고 좋았다. 그 기분도 잠시 본선 무대를 생각하니 두렵고 떨렸다. 본선까지 남은 기간 동안 하루하루가 힘들었다.

한 달간의 합숙을 위해 준비해야 할 화장품, 액세서리, 드레스와 장기자랑 준비 등 새롭고 낯선 일들이 부담스러웠다. 궁지로 몰린 기분에 외로움이 밀려왔다.

'나, 과연 잘 할 수 있을까?'

화장품 향보다
땀 냄새 나는 삶

✳

2019 미스코리아 전국 본선 대회로 향했다. 각 지역에서 당선된 진선미들이 한 곳에 모여 한 달간 합숙을 했다.

"워킹이 왜 저래?"

"화장도 촌스럽지 않아?"

은근히 뒤에서 수군거리거나 들릴 정도로 비아냥거리는 후보자들이 있었다. "어른들은 사실을 말하면 화를 내요"라고 말하는 초등학생의 말이 생각났다. 대놓고 화를 낼 순 없었지만 맞는 말이어서 기분이 안 좋았다.

무시하는 후보자들의 말에 기죽을수록 당당해지려고 노력했다. 처음엔 마음을 다잡으려고 의지적으로 노력했는데 어느새 자연스러운 태도로 몸에 붙었다. 긴장하지 말고 배우려는 자세로 합숙 기간에 임하자고 마음먹었다.

합숙을 하면서 대회를 준비하다 보니 출전자들 모두 따로 운동을 할 시간이 없었다. 체중 관리가 최대 과제인데 가장 중요한 일을 하지 못하는 상황이었다. 운동선수와 학군단 후보생으로서 배운 실내 트레이닝을 출전자들에게 알려주고 싶었다.

대회 준비 기간에 '엉짱'이라는 별명이 생겼다. 참가자들에게 실내 운동법을 가르쳐 주니 하나 둘 '엉짱'이라고 불렀다. 나도 몰랐던 신체적인 특징이었다. 지루하지 않게 유쾌한 분위기 속에서 함께 운동을 했다.

어디든 힘들게 하는 사람이 있으면 좋은 사람도 함께 있게 마련이다. 당선 가능성이 없어 보이는 미스코리아 후보자로 무시하는 이들도 있었지만 대회 준비가 부족했던 나를 도와주는 이들도 있었다. 실내 운동 동작을 시범 보이고 함께 하자고 제안하니 재능 교환이 이루어졌다. 룸메이트와 다른 동기들의 도움으로 메이크업, 워킹, 포즈, 스피치 등 정말 다양한 부분들을 배웠다.

나의 모습을 잃기보다 나의 것으로 바꾸려고 노력했다. 나만의 능력과 나만의 아름다움을 보여주자는 생각으로 최선을 다했다. 예선 포함 700명의 참가자 중 마지막 본선 심사에서 최종 3인으로 남았다.

"2019년 미스코리아 선, 참가 번호 1번 우, 희, 준!"

하얗고 뽀얀 준비된 후보자들 사이에서 운동선수로, 학군단 후보생으로 훈련에 까맣게 그을린 피부로 뛰는 모습이 백조 틈에 미운 오리 새끼 같았는데 미스코리아 선이 되는 영광을 얻었다.

겉으로 보기에는 준비가 안 되고 당선 가능성이 없는 후보처럼 보였던 참가 번호 1번 우희준. 대회장에 도착했을 때부터 합숙 기간까지 무안하고 부끄러웠던 순간이 많았지만 대회를 포기하지 않은 나를 보듬어주고 싶다.

당선자 발표 뒤 왕관 수여식을 했다. 작고 화려한 왕관을 쓰니 만감이 교차해서 울컥했다. 아름다운 모습과는 거리가 먼 삶을 살아왔는데 미스코리아라니.

운동복과 운동화, 군복과 전투화, 시큼한 땀 냄새. 나를 표현하는 단어 중에 가장 어울리는 말들이다. 하루 종일 운동과 훈련에 찌들어 땀에 흠뻑 젖은 일상이 힘들었다. 예쁘게 보이는 옷보다 땀 흡수가 잘되는 옷이 최고였다. 밥을 먹으러 식당에 들어갈 때 옆 테이블에 앉은 사람이 땀 냄새 때문에 눈치주지 않을까 걱정한 순간이 떠올랐다.

건설 현장에서 새벽부터 일을 하고 식사를 하러 식당에 오는 분들을 보면 가슴이 뭉클하다. 흙먼지 가득한 옷과 신발이 누군가가 볼 땐 불편하겠지만 나에겐 그렇지 않다. 주어진 일과를 마치고 소중한 한끼를 먹기 위해 식당을 찾는 그 설레는 발걸음을 기억한다.

운동이든 육체노동이든 몸을 쓰는 일을 하면 돌아서면 배가 고프다. 밥 먹는 시간을 기다리며 참는다. 어쩌다 몇 번이 아니라 매일 그렇게 사는 사람만 느끼는 끼니에 대한 각별함과 특별함이 있다.

그동안 모르고 살아왔던 것을 미스코리아 대회를 통해 배웠다. 세상에는 다양한 아름다움이 존재한다는 사실을 깨달았다. '정형화 된 미'가 아니라 각자의 자리에서 빛나는 아름다움이 있는 것이다.

지금 이 책을 읽는 분들도 바쁜 일상 중에 자신의 아름다움을 발견하는 시간을 갖길 바란다. '내가 뭐라고, 별로 볼 거 없는 사람인데'라고 속삭이는 소리는 가짜다. 치열한 삶의 현장을 버텨 낸 일상에서 우리의 삶은 지금 이 순간에도 빛나고 있다.

각자의 아름다움이 다른 것처럼 세상 모든 일에는 다양한 목적이 존재한다. 배가 고파서 허기를 채우려고 음식을 먹는 사람이 있고 건강을 따지며 챙겨 먹는 사람이 있다.

어떤 사람은 SNS에 사진으로 올리기 위해 먹는 척하는 사람도 있다. 추구하는 가치는 사람마다 다르다. 무엇이 우월하고 열등하다고 판단할 수 없다.

비인기 종목 카바디를 알리고 여군에 대한 편견을 깨려는 목표로 참가한 미스코리아 대회를 뜻밖의 결과로 마쳤다. 기쁘고 감사한 일이었지만 처음에 정했던 대회 출전 목표를 이루었다. 그 이상 그 이하의 의미는 없었다.

운동선수와 군인으로 사는 게 편하고 좋았다. 훈련에 지장이 생길까봐 월경 주기를 늦추는 약을 달고 살았다. 10대부터 운동을 했기에 익숙한 일이었다. 약의 부작용으로 두통이 심했다. 속이 매스껍고 울렁거릴 때도 있었다. 자연스런 신체 주기를 약으로 바꾸는 대가를 치렀다.

"여군이라 약해. 여군이라 저래."

이런 말을 정말 듣기 싫었다. 여성이기 전에 선수와 군인이라는 생각을 항상 먼저 했다. 본분을 지키기 위한 기본적인 마음가짐이었다.

약효가 들지 않아 훈련과 겹칠 때도 티가 날까봐 여러모로 조심했다. 훈련을 빼 달라, 강도를 낮춰 달라 이런 말로 피하지 않고 훈련을 끝까지 감당했다.

그런 나에게 미스코리아는 잠시 찾아온 깜짝 손님 같았다. 당선자의 역할까지만 잘 마무리 하자는 마음으로 남은 일정에 임했다.

미스 어스
지구를 지키는 일

*

         미스코리아 대회보다 잊지 못할 추억은 미스 어스earth 대회 경험이었다. '어스'는 지구라는 뜻이고 세계 4대 미인대회 중 하나다. 4대 미인대회는 미스 유니버스, 미스 인터네셔널, 미스 콘티넨탈, 미스 어스다. 미스코리아 대회 주최 측은 매년 당선자 중 한 명을 선정해 세계 대회 한 군데에 출전시킨다. 2019년에는 내가 선정되어 미스 어스에 출전했다.

  큰 키에 서구적인 외모, 운동을 해서 피부가 구릿빛이고 영어와 중국어가 가능해 국제 대회에서 경쟁력이 있다는 게 주최 측의 판단이었다. 미스코리아 대회에서는 운동으로 탄 피부가 플러스 요인은 아니었는데 미스 어스 대회 출전에 적합한 당선자로 상황이 바뀌었다.

미스코리아 대회는 국내에서 열려서 태극 마크를 달지 않았다. 미스 어스 대회에는 태극 마크를 달고 출전했다. 매년 개최지는 바뀌는데 그해 9월에는 필리핀에서 미스 어스가 열렸다. 미스 USA, 중국, 베트남 등 전 세계 국가의 출전자들이 모여 한 달 동안 합숙을 했다. 평소에 미처 몰랐던 새로운 나라들을 알게 되었다.

각국 참가자들은 개인의 이름으로 불리지 않고 출신 국가로 불렸다. 미스 어스에서 내 이름은 '코리아'였기에 대한민국 대표로 온 것이 매순간 실감났다. 카바디를 하면서 다양한 국제 대회에 출전할 때마다 '팀 코리아'라고 불렸지만 이번엔 또 다르게 느껴졌다. 팀이 아닌 코리아로 불렸다.

국가를 대표해서 지구의 환경보호를 위해 출전한 세계 미인대회였다. 이 안에서 또 다른 국가대표로서 나라의 명예에 누를 끼치지 않고 최선을 다하기로 결심했다.

다양한 활동을 각국 출전자들과 함께 했다. 난민 시설에 가서 취약 계층을 만났고 문화 관광지 답사를 갔다. 환경보호를 위해 쓰레기를 줍는 활동도 했다. 조깅을 하면서 쓰레기를 줍는 '플로깅'이란 운동을 미스 어스 동기들에게 알려주었다. 스웨덴에서 시작돼 북유럽을 중심으로 확산되었는데 건강과 환경을 동시에 챙길 수 있어서 인기를 끈 운동이다. 플로깅을 하면서 동기들과 즐거운 추억을 쌓을 수 있었다.

미스 어스 출전

필리핀 마닐라 초등학생들과

운동선수로서 서구권 나라뿐 아니라 인도와 대만, 태국 등 여러 나라를 다녔다. 해외에서 야외 훈련을 할 때마다 환경 문제에 관심을 가졌다. 군인 역시 나라를 지키고 보호하는 직업이다. 환경을 보호하지 않고 오염시키면 나라도 곤경에 빠진다. 환경에 대한 꾸준한 관심을 갖고 작은 실천을 해왔기에 미스 어스 활동이 낯설지 않고 익숙했다.

한 달이라는 미스 어스 대회 기간 동안 개최국인 필리핀에서 다양한 단체와 지역을 방문했다. 취약 계층이 분포한 난민 시설, 형편이 어려운 지역과 병원에 방문해 봉사 활동을 했다. 환경보호를 잘 실천하는 관광지로 견학을 갔다. 환경보호가 필요한 곳에 방문하여 필요한 활동과 정책에 대한 의견을 나눴다.

모든 출전자에게 환경보호 실천 방법을 제시하는 과제가 주어졌다. 개인의 적극적인 실천을 권장하자고 했다. 출전자들과 필리핀 시민들의 지지와 응원을 받아서 대회 기간에 환경보호 연설인 어스 스피치EARTH SPEECH를 했다.

"우리 모두가 환경을 보호하는 국가대표임을 명심해야 합니다. 나라의 대표로서 자신의 운동 기량을 발휘하는 운동선수들처럼 말입니다. 개인이 일상에서 환경보호를 실천하면 지구촌의 환경보호를 이루는 대표가 됩니다. 환경보호는 팀 스포츠입니다. 한 선수만의 노력으로는 원하는 목표 성적을 낼 수 없고 팀이 승리할 수 없으니까요. 그 팀의 모든 선수가 최선을 다해야 하고, 메달이라는 공통의 목표를 위해 노력해야 합니다. 환경보호는 전문가만 하는 일이 아닙니다. 다른 사람들이 하니까 내가 하지 않아도 괜찮은 일이 아닙니다. 모두가 하나의 목표를 위해 같이 해야만 우리가 바라는 지구가 됩니다. 지구를 보호하는 가장 좋은 실천이 플로깅입니다. 쓰레기 수거라는 공동 목표의식으로 한마음으로 운동하면서 개인의 건강을 챙기고 환경을 보호할 수 있으니까요."

자국을 대표해서 온 또래의 출전자들과 합숙하며 지구의 환경을 고민하고 해결 방안을 모색한 뜻깊은 경험이었다. 그때를 떠올리면 20대의 촉촉한 감성이 살아난다.

한국인 최초로 상을 2개를 받아 미스 어스 2관왕이 되었다. 탤런트 상과 후원사 상인 미스 졸리 웨이브Jolly Wave를 받았다. 특히 미스 졸리 웨이브는 후원사에서 미스 어스에 가장 적합하고 어울리는 출전자에게 주는 상이어서 의미가 컸다.

운동을 하면서 단체 생활에 익숙해서 다듬어진 모습이 장점으로 인정받은 듯하다. 미스코리아와 미스 어스 대회를 가장 나다운 모습으로 임했다. 다른 참가자들보다 뛰어나서가 아니라 솔직하게 꾸미지 않은 모습이 좋은 결과로 이어졌다.

인생은 선택으로 이루어진다. 모든 순간의 선택들이 어떤 결과를 낳는다. 선택의 과정에서는 고민할 수밖에 없지만 어떤 선택도 실패는 없다.

사람은 누구나 자신에게 최상의 것, 가장 가치 있고 유익한 것을 선택한다. 어느 누구도 함부로 그 선택을 평가하거나 폄하할 수 없다. 지금 있는 그대로의 모습으로 당당하다면 여러분은 빛나고 있다. 누가 뭐래도 멋진 인생의 주인공이다.

조언은 듣되
결정은 내가 한다

＊

　　　　　미스코리아 당선 후 이름만 대면 알 만한 몇몇 연예 기획사에서 활동 제의가 들어왔지만 고민의 여지없이 모두 거절했다. 연예인의 등용문이나 아나운서가 되기 위해 미스코리아에 당선된 게 아니었기에 그리 대단한 결정은 아니었다.

　미스코리아는 당선된 직후에 가장 활발한 활동을 한다. TV 프로그램 출연과 광고 촬영으로 대중에게 얼굴을 알리고 주목을 받으며 인지도를 쌓는다.

　대학교 3학년이었고 ROTC 학군단 후보생으로 군사 훈련을 받는 중이었다. 대학교 졸업 후에 군에 임관하기로 진로를 정한 시점이라 직업 군인이 되기 위한 준비를 하고 있었다. 공기업과 공공기관 홍보물 모델 활동은 가능했지만 영리 행위가 목적인 활동을 할 수 있는 신분이 아니었다.

입대 전에 가능한 마지막 대외 활동 경험으로 참가한 미스코리아 대회였다. 선택의 갈등은 없었고 마음은 편했다.

"남자들도 안 가려고 하는 군대를 뭐 하러 가니? 너 아니어도 군대 갈 사람은 많아. 남자들도 달기 힘든 별이라도 달 거니?"

지인 중에는 내 선택이 답답해 보였는지 직설적으로 말하는 분들, 인생의 좋은 기회와 복을 걷어찼다고 말하는 분들이 있었다. 미스코리아 당선 경력으로 경제적으로 안정적인 일을 해보라는 말이었다. 사실, 부정할 수 없는 말이다.

여러 사람의 조언을 듣다 보니 공통점이 있었다. 아무도 내가 왜 군대에 가려고 하는지는 궁금해하거나 귀담아 들으려고 하는 사람은 없었다. 그들이 보기에 좋은 진로를 권할 뿐이었다.

'내가 이상한 걸까? 아직 세상 물정을 몰라서 그런가? 이 기회를 잡지 않으면 인생이 망하는 건가? 평생 후회하는 선택일까?'

주변의 만류에도 생각은 바뀌지 않았지만 내 선택과 가치관을 존중받지 못해서 서운했다.

대형 기획사와 전속 계약을 하지 않고 군대에 가면 인생이 잘못되는 것인지 묻고 싶었다. 대학교 졸업을 앞둔 어린 사람이 연장자들에게 궁금한 점을 되묻는 것이 행여나 불손하게 보일까봐 마음속에 그 질문을 간직할 수밖에 없었다.

안타까운 마음은 이해가 갔지만 여군으로서의 앞날을 응원하고 지지할 순 없어도 그런가 보다 하고 인정하면 될 텐데 말이다. 후배들이나 주변 사람들이 내 생각과 다른 결정을 한다면 그러지 말아야겠다고 생각했다.

상대를 아끼는 마음으로 객관적인 의견을 말할 수 있지만 당사자의 선택에 잘했다고, 잘 될 거라고 축복해 주는 게 그를 위한 가장 좋은 태도가 아닐까.

대중의 주목을 받는 길을 택하지 않고 군에 입대했다. 대한민국에서 군대의 가치와 위상을 높이고 작은 보탬이 되는 여군이 되어야겠다는 다짐을 하면서 말이다. 내 선택과 결정에 따른 입대여서 만족했다.

운동선수도 공부를
하고 싶고 할 수 있다

✳

"넌 운동하니까 멍청해도 되잖아."

중·고등학교 때 친구들은 종종 이렇게 말했다.

경기와 훈련으로 수업을 못 들으면 필기 노트를 빌려야 했다. 중간·기말 고사 준비를 위해서도 필요했다. 상대적으로 성적이 안 좋을 수는 있지만 그렇다고 공부를 하면 안 되는가. 운동선수이기도 했지만 학습권을 보장받는 학생이었다.

뒤쳐진 수업을 필기를 보면서 진도를 따라가고 싶었는데 친구들에게 노트를 빌리는 일이 쉽지 않았다. 노트를 받더라도 꼭 한 마디씩 마음이 상하는 말을 들어야 했다.

공부를 아주 잘하는 편은 아니었다. 운동에 시간을 많이 할애했기에 자연스런 결과일 수도 있다. 그렇지만 학창시절 내내 공부를 하고 싶었고 잘하고 싶었다.

운동을 하면서 공부를 하려고 애쓰는 모습은 어디서든 환영받지 못했다. 운동 팀에서는 시합을 위한 컨디션 관리나 하지 왜 공부를 하냐는 핀잔을 들었다. 학교 시험 기간에는 늦게 자거나 밤을 새기도 했다. 운동만 집중해서 하기도 힘든데 공부까지 할 이유가 있냐는 말이었다.

중학교 3학년 때 담임 선생님은 내가 공부를 하는 게 다른 친구들에게 피해를 주는 거라는 식으로 말했다. 성적이 좋은 편도 아닌데 괜히 공부해서 공부만 하는 친구들을 방해하지 말라는 뜻이었다. 겉으로 표현은 못 하고 속으로 힘든 마음을 삭혔다. 운동을 하면서 공부를 하고 싶은 게 왜 잘못된 것인지, 여기저기서 눈치를 보면서 하지 말아야 할 일인지 묻고 싶었다.

플랜 B가 있는 생활을 한 적이 없어서 10대에는 운동선수를 진로로 생각했다. 운동을 계속 하더라도 학생으로서 주어진 최소한의 학습은 하고 싶었는데 여건과 환경, 주변의 도움을 받지 못했다.

지금 운동하는 후배들은 다르다. 나아진 현실에서 생활하고 있다. 선수 생명에 지장을 주는 부상을 당하거나 중간에 진로에 대한 생각이 바뀌면 운동을 그만둘 수도 있으니 운동과 공부를 같이 한다고 한다. 시대에 맞게 사람들의 생각이 변했다.

공부하는 운동선수, 지탄의 대상이 아니라 지지의 대상이 되어서 기쁘다. 공부와 운동을 병행하는 생활의 어려움을 누구보다 잘 안다. 같은 경험을 먼저 해 본 사람으로서 학생 선수들을 보면 어떤 식으로든 도움을 주고 싶다.

공부하기 힘든 상황이었지만 학업의 끈을 놓지 않았기에 지금 대학에서 강의를 하고 있다. 운동선수 출신의 학생과 예비 군 후보생을 가르친다.

대학에서 학생을 가르치려고 공부를 한 건 아니었다. 학생의 본분을 다하려고 운동을 하면서 공부를 했는데 새로운 직업과 연결이 되었다.

무슨 일이든 아예 손 놓고 포기하지 않으면 된다. 할 수 있을 때 할 수 있는 만큼 꾸준히 하다 보면 뜻밖의 좋은 기회가 찾아온다.

도전은
결핍을 채운다

✳

"매번 새로운 도전을 하시네요."

인터뷰를 하면 꼭 듣는 말이다. 도전이 아니라 부족한 것을 채우는 중이다. 못하는 일, 결핍을 느끼는 일에 첫 발을 떼는 게 도전이다. 이제껏 하던 게 아닌 새로운 일이라 결이 다를 뿐이다. 그 결을 맞추다 보면 어느새 성장한 자신을 느낄 수 있다. '이래서 안 된다, 저래서 못 한다, 지금 시작하기엔 나이도 많고 너무 늦었다' 이런 생각에서 자유로워졌으면 좋겠다. 우리는 모두 부족하다. 완벽한 사람은 아무도 없다. 늘 결핍을 느끼고 무언가를 갈망한다. 흔히 말하는 도전은 여기서 시작된다. 잘하는 일은 도전할 필요가 없기 때문이다.

초등학교 6학년 때부터 육상을 시작으로 운동선수 생활을 했다. 고등학생 때에는 스턴트 치어리딩을 했다. 세계 선수권 대회에서 4위까지 오르는 쾌거를 이루었다. 영어로 소감을 묻는 외신 기자들의 질문에 나를 비롯한 팀 선수들은 한마디도 하지 못했다.

어렸을 때부터 크고 작은 경기와 시합을 하면서 아무리 성적이 좋지 않아도 '다음에 잘하면 되지' 하는 생각에 부끄러운 적은 한 번도 없었다. 영어를 못하는 내 모습은 한없이 초라하고 수치스러웠다.

영어를 못한다는 창피함을 느껴 그 부족한 부분을 채워야겠다는 10대의 갈망이 인생 첫 도전인 셈이다. 이왕이면 영어를 잘하는 운동선수가 되어서 팀 통역을 하는 역할을 하고 싶었다.

운동선수는 공부를 못한다는 눈초리와 편견이 싫었다. 운동선수라 공부를 못하는 게 아니다. 다른 친구들이 공부할 시간에 운동을 하니 성적이 안 나오는 것이다. 공부에 노력과 시간을 들이지 않고도 성적이 잘 나온다면 누가 공부를 할까.

훈련과 시합이 있는 날엔 수업을 빠지기도 했다. 공부와 운동, 두 가지에 온전히 집중할 수 없었다. 하나를 포기해야 하나를 얻을 수 있었다. 유학에 가서 영어 공부에 집중하고 싶었다.

형사인 아버지와 전업주부인 어머니. 고민 없이 유학을 보내줄 넉넉한 형편은 아니었다. 장녀라 집안 상황을 고려하니 입이 섭게 떨어지지 않았다. 떨리는 마음으로 거절당하지 않기를 간절히 빌었다. 자력으로는 갈 수 없다는 현실을 알았기 때문이다.

"미국으로 유학을 보내주세요. 학비와 생활비는 취업해서 꼭 갚을게요."

아버지는 힘든 만큼 열심히 해야 할 거라고 유학을 허락했고 어머니는 딸을 혼자 보내는 게 걱정된다고 함께 가자고 했다. 동생을 한국에서 돌봐야 하니 혼자 가겠다고 했다. 영어 실력을 키우기 위해서도 혼자 가는 게 낫다고 판단했다.

미국 유학을 가기 위해 유학원을 알아봤다. 장학금 프로그램이 있는 유학원을 찾았다. 영어 시험 성적 커트라인을 넘기면 총 학비의 30퍼센트를 지원해 주는 제도였다. 감사하게도 커트라인 점수를 넘겨 학비 일부를 보조받았다.

영어를 더 밀도 있고 효율적으로 배우기 위해 한국인과 아시아인 유학생이 거의 없는 지역의 고등학교를 선택했다. 미국 미네소타 주에 있는 프린스턴 고등학교였다. 설렘과 부푼 희망을 가득 안고 영어에 몰입하려고 도착했는데 제일 먼저 배운 게 욕과 슬랭이었다. 욕을 알아들어야 누가 내 욕을 하는지 알 수 있었다.

처음엔 전학생이라 잘 보이려고 무슨 말인지 못 알아들어도 미소로 대했다. 내향적인 성격이라 먼저 말을 걸지 못하는 소극성을 탓하면서 말이다. 밤에 잠자리에 들 때마다 내일은 용기를 내서 적극적으로 말을 걸어야지 하는 다짐을 했지만 매번 말을 걸 타이밍을 놓쳤다.

그동안 이 학교에서 흔히 보지 못한 피부색과 머리색을 가진 아이라 새롭고 신기해서 지나갈 때마다 수군거리는 줄 알았다. 지나가는 아이들의 말을 듣다 보니 어느 순간 이상한 느낌이 들었다. 냉랭한 눈빛으로 나를 위아래로 훑어보면서 옐로, 몽키, Fuck을 반복적으로 말했다.

마주치는 아이들은 그때그때 달랐지만 들리는 단어는 예외 없이 똑같았다. 모국어로 당하는 따돌림과는 차원이 달랐다. 이 느낌이 인종차별이구나 싶었다. 부모님에게 미안하고 죄송한 마음이 들었다. 힘든 만큼 열심히 하라는 아버지의 말이 떠올랐지만 교우관계는 혼자 할 수 있는 게 아니라 눈앞이 깜깜했다. 부모님의 경제적인 희생을 감수하면서 영어를 배우겠다고 혼자 미국까지 왔는데 어떻게 할지 두려웠다.

이대로 한국으로 돌아갈 수는 없었다.

글로벌 따돌림을
자기 성장 에너지로

*

인종차별을 겪으면서 경험자의 조언을 듣고 싶었지만 물을 곳이 없었다. 괜히 한국인과 아시아인이 없는 학교로 온 건가 싶은 마음이 들었지만 선택을 되돌릴 순 없었다.

학교에 모자를 눌러 쓰고 다녔고 친구들이 모여 있는 곳은 일부러 피했다. 심리적으로 위축된 상태라 좋은 인상으로 보이려는 억지웃음도 나오지 않았다. 눈에 띄지 않으려고 혼자 조용히 다녔는데 그 모습이 더 튀어보였다. 혼자 있는 시간이 많아서 모르는 단어를 많이 외우고 리딩 실력 쌓기에 집중했다.

밤새 울어도 잠시 후련할 뿐 교우관계에 근본적인 해결책을 찾지 못했다. 몇 달을 끙끙거리며 고민하다가 인종차별의 원인이 아시아인에 대한 부정적인 이미지와 편견이라는 생각이 스쳤다.

서양인이 동양인보다 우월하다는 특권의식이 무시당하는 이유라면 먼저 도움을 주는 사람이라는 걸 보여주고 싶었다.

모자를 벗고 머리를 묶고 육상과 스턴트 치어리딩 동아리를 찾아갔다. 한국에서 초등학생부터 운동을 한 선수라고 자기소개를 했다. 스피킹 실력이 좋지 못한 시기여서 의사 전달이 된 것인지는 사실 잘 모르겠다.

육상 동아리에서는 점프와 스타트 동작을 알려주었다. 치어리딩 동아리에 가서는 혼자서 치어리딩 퍼포먼스를 보이며 친해지려고 노력했다. 야구팀과 농구팀, 럭비팀이 다른 학교와 시합을 할 때 치어리딩 동아리가 함께 가서 응원을 했다. 동아리 친구들과 결속력이 생기고 친해졌다.

시간이 지나고 긴장이 풀리니 영어로 무슨 뜻인지 도통 안 들리던 표현이 들리기 시작했다. 혼자 있는 시간에 공부한 단어가 자주 들렸다. 번역기를 돌리는 상황들이 점점 줄어들어서 뿌듯했다.

4개월 차에 접어들자 하고 싶은 말을 피력할 수 있는 능력을 갖추게 되었다. 영어로 의사소통이 편해져서 학교 운동 팀에 소속되어 훈련을 시작했다. 미국의 주 대회에 참가해 개인 수상과 팀 수상했다.

따돌림을 당할 때는 동양인이라 멀리서도 한눈에 알아보고 친

세계 치어리딩 선수권 대회

구들이 나를 피했다. 친해지니 피부색과 영어 발음으로 나를 알아보고 친구들이 모였다. 학년 말에 실시된 교내 인기투표에서 유학생 중에서는 최초로 최다 득표를 기록했다.

학교 임원에 당선이 되어 학교 운영에도 적극적으로 참여했다. 선거 운동 기간에 후보 유세를 했고 투표 절차를 거친 일이라 의미가 컸다. 임원이 되어 해외 유학생들의 학교 적응을 돕는 목적으로 재학생들과 교류하는 프로그램을 만들었다.

아웃사이더에서 인싸가 되었다. 계속 혼자 숨어 다녔으면 얼마 지나지 않아 한국으로 돌아갔을 것이다. 힘들 때마다 미국에 온 목표를 마음에 새겼다.

영어를 배우는 수준을 넘어서려고 다짐했다. 영어를 잘하는 운동선수로서 팀의 의견을 외신 인터뷰와 취재에서 정확히 전달할 만큼의 통역 능력을 갖추기로 말이다. 명확한 목표가 있었기에 흔들리지 않고 정신을 다잡으며 견뎌낼 수 있었다.

어느 나라 학교나 따돌림은 있고 이유는 다양하다. 부족한 영어 실력을 키우려고 미국에 유학을 왔다. 인종차별은 예정된 일이어서 특별한 경험은 아니다. 영어를 배우는 과정에서 힘들었던 점은 영어 실력을 높인 것으로 잊힌다. 목표를 이뤘으면 추억거리로 남을 일이다.

도전은 화려하고 거창한 일이 아니다. 소수의 몇몇 사람만 가능한 특정한 영역도 아니다. 자신의 부족한 점을 인정하고 행동하는 것이다. 안 될 것 같다고 가만히 있는 상태에서 벗어나서 뭐라도 하면 된다. 한두 번 시도하다 보면 인생에 변화가 생긴다. 새로운 변화는 좋은 기회와 복된 만남으로 이어진다.

아버지를 닮은 나
나에게 '나라'란

✳

'아버지는 멋있는 사람이구나.'

아버지는 내게 멋진 사람이었다. 태권도 선수 출신으로 태권도장을 한 아버지 덕분에 어려서부터 활발한 신체 활동을 했다. 태권도학원에서 남자 아이들과 자연스럽게 어울려 지냈다. 예민하게 삐지거나 감정에 빠져 있지 않았다. 오랫동안 끙끙 앓지 않고 훌훌 털어버리는 성격 역시 운동으로 얻었다.

아버지는 독립심과 자립심이 강해서 할머니 할아버지를 의존하지 않고 인생을 개척해 나갔다. 대학교 학비를 아르바이트를 해서 충당하고 선수 생활에 필요한 비용도 부모님의 도움을 많이 받지 않았다고 했다.

아버지의 성향을 닮았는지 부모님과 고민을 나누고 상의하는 살가운 딸이 아니었다. 늘 결정을 한 후에 결과를 전달하는 편이라 통보하는 식에 가까웠다. 부모님의 의견을 처음부터 듣지 않겠다는 뜻이 아니라 스스로 알아서 하는 게 장녀의 책임이라고 생각했다. 부모님도 생업이 있고 동생을 돌봐야 하니 괜한 짐을 드리는 것 같아 과정을 생략하고 말을 안 했다.

어느 날 아버지가 경찰 시험에 합격했다며 가족의 의견을 물었다. 집에서는 시험공부를 하는 모습을 보지 못했는데 어떻게 된 건지 의아했다. 하루 종일 도장에서 아이들을 가르치고 시간을 쪼개어 경찰 시험 준비를 했다고 했다.

어머니는 안정적인 태권도장을 그만두고 형사 일을 하는 것에 걱정이 많았다. 위험한 상황에 처해서 다치면 어쩌나 염려가 컸다. 어린 나이에 어머니의 말을 듣고 무서운 마음이 들었다. '이제 아버지를 못 볼 수도 있다는 건가?' 걱정도 잠시 아버지의 환한 미소를 보니 마음이 진정되었다.

아버지는 운영하던 도장을 정리하고 형사가 되었다. 야근도 많고 휴일에도 출근하는 날이 많았지만 아버지가 가족과 함께하는 시간은 늘 양보다 질이었다. 짧은 시간을 보내더라도 진심이 느껴지게 놀아주었다. 깜짝 이벤트도 준비하고 특유의 애교로 분위기를 화기애애하게 띄웠다. 사람들이 흔히 떠올리는 무섭고 거친 형사 아버지가 아니었다.

막연히 걱정했던 비극적인 상상이 현실이 된 날이 찾아왔다. 성폭행 범죄자를 추격하던 중에 범죄자가 칼로 아버지의 배를 찔러서 크게 다쳤다. 출혈도 컸고 수술까지 했다. 생명에 지장을 초래할 수도 있는 위험한 상황이었다. 그때 아버지가 한 말을 잊을 수 없다.

"그 자리를 지켜서 우리 가족이 안전하게 살 수 있는 거야."

어려운 말이었지만 이해가 되었다. 아버지의 직업과 우리 가족의 안전은 큰 틀에서 하나였다. 아버지처럼 나라를 지키고 국가의 격을 높이는 일, '국가를 위한 일을 해야지' 하는 마음을 어렴풋이 품었다.

아버지는 말없이 몸소 실천으로 깨달음을 주었다. 그 흔한 공부해라, 학원가라, 대학은 어떻게 할 건지, 취업은 어디로 할 건지, 결혼은 언제 하니 등의 지시나 간섭하는 질문을 한 번도 하지 않았다. 오히려 아버지 자신의 모습을 발전시키려고 노력하는 분이었다. 매일 운동으로 체력을 유지하며 틈틈이 이루지 못한 꿈을 위해 노력했다.

근면 성실한 모습은 자연스럽게 나로 하여금 몸을 움직이게 했다. 자신의 모습에 집중하며 새로운 일에 도전하는 원동력이 되었다. 어떤 선택과 결정을 해도 곁에서 지켜보고 기다렸다. 남들보다 뒤쳐지고 느린 길을 가려고 할 때도 믿고 경험이라며 응원해 주었다.

부모님 덕분에 모든 선택에서 신중함과 책임감을 가지고 소신대로 결정할 수 있는 용기가 생겼다. 나 역시 다른 이들에게 말보다 행동으로서 깨달음을 주고 싶다는 꿈이 생겼다.

PART 2

재미가 있어야
의미도 남는다

밀라노에서

쉽게 질리는 게 아니라
하고 싶은 게 많다

*

"왜 그렇게 여러 가지를 하는 거예요? 쉽게 질리는 건가요? 한 분야를 진득하게 못하는 건가요?"

한 분야의 전문가가 되려면 최소 10년 이상 시간을 투자해야 한다고 한다. 카바디를 8년 넘게 했지만 10년 이상 하진 못했다.

나는 보기보다 소심하고 낯을 많이 가리는 성격이다. MBTI는 ISFP다. 매년 검사를 해도 동일하고 I인 내향성 수치가 압도적으로 높다. 침대 위에 누워 있는 시간을 가장 좋아하고 약속이 취소되면 좋아한다. 아무것도 하지 않고 방에서 혼자만의 시간을 보내는 것을 즐긴다.

새로운 누군가를 만나서 말을 하는 일이 무척이나 어렵다. 사람이 많고 시끄러운 공간에서 쉽게 에너지를 뺏기고 기가 빠지는 타입이라 조용한 공간을 찾는다.

내향적인 성향으로 인해 '나'에 대해서 생각하고 질문하고 연구할 수 있는 기회와 시간이 많았다. 흔히 사람들이 '나도 나를 모른다'고 말한다. 혼자 있는 시간이 많은 사람은 그렇지 않다. 혼자 있는 시간은 나를 알고 공부하는 시간이다. 누구보다 '나'라는 사람을 잘 안다.

객관적으로 무엇을 좋아하고 싫어하는지, 어떤 일을 잘하고 못하는지, 뛰어난 점과 부족한 점을 말이다. 그렇기에 나의 부족한 부분에 대해서 남보다 빠르게 판단하는 능력이 생겼다. 내가 채우고 발전하고 싶은 점에 대한 목표를 단시간에 정했다.

지금 하고 있는 분야의 전문성을 쌓다 보면 매번 도중에 부족함을 느꼈다. 그 부족함을 채우기 위해 또 다른 도전을 시작했다. 남보다 실행을 머뭇거리거나 미루지 않고 서슴없이 했을 뿐이다.

경력 단절, 중도 하차, 현재 직업의 포기, 끈기 부족 등의 단어로 평가받을 수도 있지만 내 생각은 다르다. 스스로 느낀 결핍을 채우고 해소하기 위해 새로운 일을 한 시간이 커리어의 단절은 아니다. 채워나가는 과정을 통해 성장을 경험하고 다양한 분야의 커리어가 쌓여간다.

전문성 역시 한 분야에 대한 전문성만이 존재하는 것은 아니다. 지금 돌아보면 여러 도전들은 하나의 연결 고리로 묶인다.

고등학교 시절 미국 유학으로 영어를 배운 경험은 운동선수 생활을 하면서 팀 통역사라는 직업을 병행할 수 있게 했다. 군인 으로 복무할 때는 통역장교라는 직책에 지원하는 기회를 얻어 바라던 파병을 갈 수 있었다.

카바디를 알려서 대중화 시키려고 떠난 중국 유학은 중국어 능력과 대학교 강의 경력을 선사했다. 이 경험은 중화권 팀들을 대상으로 통역과 강의를 하는 데 도움이 되었고, 현재 대학 강의를 하는데 밑거름이 되었다.

우연한 기회로 참여한 미스코리아 대회는 미스 어스 경험으로 이어졌다. 덕분에 미디어의 주목을 받아 그토록 원하던 카바디가 홍보되고 알려지는 계기를 만들었다.

미국과 중국 유학, 미스코리아와 카바디, 군대는 나에게 더 큰 세상을 경험하게 했다. 나를 성장시키고 삶을 더 풍성하게 채웠다. 주저하지 않고 끝없이 도전하는 다양성 있는 전문성을 갖게 했다.

선택의 갈림길에서 고민하는 사람, 도전을 두려워하는 사람, 실패가 걱정되어서 행동을 미루는 사람들에게는 누구보다 자신 있게 말할 수 있다. 여자 운동선수와 여군을 비롯한 어느 집단의 소수자로 편견과 차별을 느낀 이들의 고민과 아픔을 들어주고 나의 경험을 나눌 수 있다.

　한 분야의 장인이 전문가인 건 분명하다. 여러 우물을 파 본 사람도 전문가다. 매일 한걸음씩 더 나아가는 사람, 새로운 빛깔의 전문성이 탄생하는 시대다. 전문성의 영역은 다양하다. 획일화된 전문성이 아니라 자신만의 전문성을 갖춘 사람이 많은 사회가 되기를 바란다. 나의 이야기가 작은 보탬이 된다면 좋겠다.

플랜 B가 없어야
최선을 다한다

*

"왜 대학교를 안 가고 취업부터 했어요?"

"대학교를 안 간 게 아니라 좀 늦게 갔어요."

한국에서 고등학교를 졸업하고 취업을 먼저 하는 사람은 아직 많지 않다. 어떤 용기로 10여 년 전에 그런 결정을 했을까 싶지만 돌아보면 순서의 차이일 뿐 후회 없는 결정이다.

미국에서 고등학교 시니어 과정까지 마치고 돌아왔다. 미국의 고등교육 과정 중 이수로 인정되지 않는 부분이 있어 국내 고등학교를 1년 정도 다시 다녔다. 대학 입시 시즌이 돌아와서 수시 원서를 넣고 합격을 했다.

몇 주 뒤 'KBS 스카우트'라는 고졸 신입사원 채용 프로그램에서 학교로 공문이 날아왔다. 한국관광공사에서 관광통역사를 채용한다는 내용이었다. 학교 선생님들의 추천과 권유를 받았다. 순간 고민했지만 불합격 하더라도 특기를 활용해 볼 수 있는 좋은 경험이라 지원했다.

서류 전형 후 1차 면접과 2차 면접을 통과하여 마지막 한국관광공사 대표의 최종 면접을 남겨 두고 있었다. 최종 심사에 오른 4명에게 국내 관광 프로그램을 개발하여 발표하는 과제가 주어졌다. KBS 스튜디오에서 발표하고 면접을 보는 절차였다.

미국 유학 생활의 경험을 살려 외국인 관광객 유치를 위한 다양한 문화체험 프로그램을 짜서 발표했다. 몇몇 기업과 사전에 MOU를 체결하여 실제로 프로그램의 실행 가능성을 알렸고 상황에 맞춘 영어 가이드 자료를 준비해서 제출했다.

채용 전형 절차에 순차적으로 임할수록 걱정 반 설렘 반이었다. '최종 합격하면 대학교 입학을 포기해야 할까, 그렇다고 불합격 하면 여기까지 올라온 게 아까울 텐데.'

한국관광공사 관광 안내 팀 영어 통역 담당으로 50:1의 경쟁률을 뚫고 최종 합격자가 되었다. 6개월 인턴 생활을 마치면 정직원 신분으로 전환해 준다는 게 입사 조건이었다.

기쁨도 잠시 대학교 입학과 회사 입사의 갈림길에서 선택해야 하는 상황에 처했다. 구체적으로 무엇을 전공해야 할지 확신이 서지 않은 상태에서 점수에 맞춘 학과 지원이었다.

초등학교 때부터 해오던 운동선수의 연장선에서 체대를 갈까도 생각했다. 그동안 해오던 운동을 4년의 학비와 4년의 시간을 들여서 전공까지 해야 할까 생각하니 내키지 않았다.

조건에 맞춰서 합격한 대학교 입학보다 특기를 살리는 일을 해 보고 싶었다. 잘하는 분야에서 사회 경험을 미리 경험해 보자는 마음으로 한국관광공사 입사를 결정했다.

2012년 겨울에 첫 사회 생활이 시작되었다. 미리 배정된 자리와 직장인의 상징인 목걸이 사원증, 이름이 새겨진 빳빳한 명함은 스무 살의 설렘과 뿌듯함 자체였다.

같은 팀 동료와 상사들이 회사 생활을 실감나게 했다. 식판에 먹는 급식이 아니라 매일 메뉴를 골라서 먹는 점심식사가 기다려졌다. 월 급여도 고졸자로는 과분한 대우라 감사했다. 월급날이 되면 돈을 번다는 사실이 뿌듯했다.

회사 사람들과의 관계는 사회 생활의 절정이었다. 학교에서는 잘 맞지 않고 불편한 친구는 피하면 그만이었고 자연스럽게 거리가 생기면 서로 편했다.

회사는 주관적인 호불호로 사람을 나눌 수 없었다. 함께 일을 해야 하니 싫어도 좋은 척 형식적인 태도가 필요했다. 같은 부서든 타 부서든 일로 연결이 되어 있어서 언제든 소통해야 하는 상황이 생겼다. 누구와 척을 지면 일을 할 수 없었다.

모르면 질문하는 게 학교 울타리 안에서는 미덕이었는데 직장에서는 무능력한 사원임을 광고하는 일이었다. 잘 몰라도 좀 아는 척, 능력보다 상황에 대처하는 순발력이 중요할 때가 있었다. 일도 관계도 아슬아슬한 줄타기를 하는 듯했다. 직장생활은 명확하게 승부가 딱 떨어지는 운동 시합과는 달랐다.

최초 고졸 신입사원이라는 타이틀은 다른 말로 나이도 어리고 학력도 모자라고 경력도 없다는 뜻이다.

기특하게 봐주고 업무를 잘 가르쳐 주는 분들도 있었지만 그렇지 않은 분들도 있었다. 나이스하게 대하는 척 했지만 운 좋게 입사했다고 은근히 비아냥거리는 분도 있었다. 대놓고 무시하는 것보다 자존심이 상했다.

맡은 일을 잘하고 직장에서 예의를 지키면 어린 막내로 챙겨주고 친절하게 알려줄 줄 알았는데 항상 그런 것은 아니었다. 예민한 상사는 기분과 날씨에 따라 같은 상황에도 반응이 달랐다. 업무 폭주와 사내 갈등으로 사무실 분위기가 안 좋은 날엔 밝은 에너지로 인사를 할 수 없었다.

경험도 지식도 부족한 고졸 신입사원의 필살기를 곰곰이 생각했다. '인종차별로 미국 눈칫밥까지 먹고 왔는데 뭔들 못하리.'

건강한 멘탈로 업무에 최선을 다하는 것뿐이었다. 먼저 회사에서 동기부여가 되고 재미있는 일이 무엇인지 찾았다. 매일 새롭게 만나는 다양한 국적의 외국인 관광객들을 대할 때마다 그들에게 도움을 주는 일이 즐거웠다. 각양각색의 영어 억양과 악센트, 그들의 문화를 가까이에서 생생하게 배울 수 있었다.

우리나라에 대한 소개를 시작으로 국내 관광명소, 음식, 공연, 문화체험, 숙박 등 여러 정보를 안내했다. 전에는 몰랐던 국내 관광 정보를 공부하면서 알게 되었다. 그 외에도 통역과 번역을 맡아서 했다.

영어 실력은 하루가 다르게 늘었다. 통역하는 속도가 스스로 느낄 정도로 빨라졌다. 외국인들의 표정과 몸짓만 봐도 무엇이 궁금하고 필요해서 왔는지 유추가 가능해졌다. 적응 기간의 고비를 넘기니 대학을 입학을 미루고 취업 전선에 뛰어든 생활에 만족했다. 특기를 살려서 전문성이 쌓으니 재밌었다.

입사 전에는 남들과 다른 선택을 하는 것이 두려웠다. 누구나 다수의 의견과 결정, 사회적인 분위기에 쉽게 치우친다. 내향적인 성격에 경험이 없어서 그럴 뻔했다.

어린 나이에 보태진 작은 용기가 새로운 길을 결단하게 도왔다. 진짜 내 마음의 소리에 귀기울여 나를 위한, 나에게 집중한 선택을 했다. 미국에서 혼자 지내면서 독립심을 기른 경험이 취업을 결정하는 데 좋은 역할을 했다. 대학 진학에 대한 부모님의 권유가 있었지만 설득할 수 있는 확신과 용기를 가졌다.

무엇보다 유학 비용으로 경제적 부담이 컸던 부모님에게 급여로 현실적인 도움을 주고 싶었다. 유학을 가기 전에 부모님에게 약속한 부분을 지킬 수 있었다. 빌린 돈을 갚기 시작하니 마음이 편했다.

재미를 느낄 때
겸손하기

✳

어느 날 스페인에서 여행을 온 여성 관광객이 안내소를 찾아왔다. 이야기를 해보니 며칠 뒤 부모님이 한국으로 오는데 같이 갈 만한 관광지와 공연 등의 정보가 필요하다고 했다. 매뉴얼대로 희망하는 지역을 묻고 필요한 지도와 팸플릿 자료를 챙겨서 주었다. 그녀는 다른 관광객과 달리 모든 여행 경로를 최대한 숙소에서 가까운 곳으로 정하길 원했다. 교통편도 반복해서 확인하며 세부적인 정보를 원했다.

알고 보니 부모님 중 어머니의 다리가 불편해서 휠체어를 타고 여행을 해야 하는 상황이었다. 같은 질문을 여러 번 묻고 확인하는 예민한 관광객이라 힘들었는데 이유를 알고 나니 피곤함이 사라졌다. 서투른 영어를 쓰며 조금이라도 짧은 경로로 안

전하고 편하게 부모님을 모시려는 그녀의 모습에 오히려 감동을 받았다. 잠시 가졌던 감정에 너무나 부끄러움과 미안함을 느꼈다. 효심이 깊은 관광객을 성가신 사람으로 치부할 뻔 했으니 말이다.

영어가 익숙하지 않은 스페인인이라 오해하기 쉬웠다. 영어를 잘하는 사람이었다면 처음에 부정적인 감정을 가졌을까 하는 생각이 들었다. 사람의 마음은 참 가볍고 얄팍하다.

'미국에서 힘들게 영어를 배우고 온 지 얼마나 되었다고, 관광공사에 와서 적응이 된 지 얼마나 되었다고. 자만과 교만은 평생 금물이다.'

부족하고 실력이 모자란 것은 부끄러워 할 일이 아니다. 누구나 시간을 들여 노력하면 잘할 수 있다. 자만과 교만은 자신만 모르는 세상에서 가장 부끄러운 일이다. 그것이 부끄러운 일이라고 말해주고 깨닫게 해주는 지인이 있다면 축복받은 인생이다. 그렇지 않으면 평생 불치병 환자로 살 수 있다.

사람에 대한 섣부른 판단도 피해야 한다. 사람에 대한 판단을 하면 그 다음부터는 선입견과 부정적인 감정이 개입된다. 특히 일을 할 때 명심할 점이다. 객관적인 자세와 관점을 갖지 않으면 해야 할 일에 집중력을 잃기 쉽다. 남들보다 일찍 시작한 사회생활이어서 이 점을 먼저 습득할 수 있었다.

스페인 관광객의 숙소를 최대한 관광지가 밀집되어 있고 교통이 편리한 곳으로 예약하게 도와주었다. 해당 숙박업체에 외국어가 가능한 인원이 없다는 것을 확인한 후 숙박 관련해서 필요할 만한 한국어 표현을 적은 종이와 내 연락처를 전달했다. 공항에서부터 휠체어 대여가 가능한 서비스를 예약하고 어머니가 대중교통 이용 시 도움이 될 만한 인터내셔널 택시 기사님 번호도 함께 전해줬다.

몇 주 뒤 그녀는 부모님과 한국관광공사를 찾아왔다. 저녁 비행기로 스페인에 돌아가기 전 어머니와 감사 인사를 하기 위해 찾아왔다. 그녀의 아버지는 갑자기 종이와 펜을 달라고 했다. 그 자리에서 나에게 감사 편지를 써서 우리 부서 팀장님을 불러 전달했다. 전화번호를 적어 주며 스페인에 오면 꼭 연락하라는 말을 끝으로 작별 인사를 나누고 떠났다.

입사 후 처음으로 직업에 대한 의미를 다시 한번 되새긴 시간이었다. 관광통역사로서의 마음가짐과 태도를 돌아본 좋은 기회였다. 외국어로서 단순히 언어만 전달하는 게 아니라 그 사람의 상황과 일상을 모두 아우르는 이해심을 겸비해야 하는 일임을 깨달았다.

한 번 보고 말 사람으로 대하고 기능적인 부분만 해결해 주려고 하면 오히려 서로 상처를 주고받을 수도 있다. 진정성을 품고 대하면 또 만나고 싶은 사람으로 거듭난다.

사람이 온다는 건 실로 어마어마한 일, 한 사람의 인생이 오기 때문이라는 시가 있다. 사람과의 만남은 엄청난 일이다. 작은 씨앗이 꽃을 피우듯이 관계가 주는 힘이 숨어 있다.

좋은 일과
맞지 않는 일

*

        한국관광공사에서 다양한 기회와 복지 혜택을 제공받았다. 우리나라 지역 명소에 대해 전문적인 지식이 필요한 일이라 정기적으로 국내 관광지로 답사를 다녔다. 각양각색의 문화체험과 현지 맛집 탐방, 숙박 시설 체험을 했다.

  관광통역사로서 역량 강화를 위한 양질의 교육 기회도 주어졌다. 업무시간 외에 관광 통역 자격증과 영어 자격증을 취득하기 위해 노력했다. 하루하루 전문성을 높이며 성장할 수 있었다.

  명확한 의사 전달이 통역의 제1임무라 이 부분에 집중 강화 훈련을 했다. 연습을 전보다 전문적으로 하기 시작했다. 상대방의 말을 해석하는 과정에서 나의 생각과 경험을 바탕으로 통역하고 전달하는 정도로 만족했는데 일을 할수록 부족한 2퍼센트가 느껴졌다.

일을 할 때 생각 없이 하던 대로 계속 하면 성장하지 않는다. 잠시 멈추어 스스로 돌아보고 점검하는 시간이 꼭 필요하다. 맡은 일을 얼마나 잘 수행하고 있는지는 자신이 제일 잘 안다. 실력이 정체되지 않고 성장하는 비결이기도 하다.

정확성과 객관성을 유지하면서 필요시 적절한 유머와 첨언을 하는 등의 숙련된 훈련을 했다. 소통에 완결성이 이루어져 서로 만족감이 커졌다. 관관공사에서 영어로 인한 문제 상황이나 대처가 필요한 일이 생기면 문의 요청이 우리 부서로 들어오는 경우가 많았다. 다방면의 대처 능력을 요하는 일이라 퇴근 후에도 공부를 했다. 통역사로서의 갖추어야 할 덕목을 차츰차츰 갖춰 나갔다.

어느 날 퇴근하는 길에 운동장에서 뛰어노는 아이들을 보다가 가슴 한구석이 텅 빈 느낌과 울컥함이 밀려왔다. 지금 직장은 내 나이에 받을 수 없는 높은 급여와 안정적인 생활, 좋은 복지 혜택을 주지만 어느 순간부터 앵무새가 된 듯했다.

하고 싶은 말과 표현하고 싶은 생각을 풀어내기보다 소통 매개체로 입을 움직이는 데 한계를 느꼈다. 찾아오는 관광객들, 즉 상대가 원하는 말과 필요한 정보를 통역하고 번역하는 일에 회의감이 찾아왔다.

평소엔 잘 몰랐는데 자유롭게 뛰는 아이들의 모습을 보니 무의식적으로 억눌려 있던 자아가 살아난 기분이었다. 사무직의 일을 몇 달 하면서 선수 시절처럼 땀 흘리고 운동하며 뛰어다니는 활동적인 생활이 그리워지기 시작했다.

본연의 모습을 잃고 회사에 갇혀 버린 것 같은 느낌이 들었다. 다양한 사람들을 만나며 여러 경험을 하고 싶었다. 그때 한 가지 확신을 했다.

'지금 하는 일이 좋은 일이지만 나에게 맞는 일은 아니구나.'

징계위원회와
자진 퇴사

*

　　　　　　　　"관광공사 인턴 시절 사내 규정에 따라 징
계위원회가 열린 후 자진 퇴사를 했잖아요. 왜 인터뷰에서 그 이
유를 언급하지 않는 건가요?"

　어느 날 급작스런 질문을 받았다. 잊고 살았지만 가끔 생각나
던 일이었다.

　관광공사 안내 팀 통역 일이 내게 맞지 않는다고 판단했을 때
퇴근 후 시간과 휴일을 활용해 여러 가지 활동을 했다.

　업무를 마친 평일 저녁 시간에 어학원에서 영어를 가르치는 일
을 했다. 일방적으로 통역하는 회사 일과 달리, 학생들과 쌍방향
으로 소통하면서 모르는 걸 알려주는 일이 재밌었다.

　여러 기관에서 주관하는 경제, 환경 등의 교육 프로그램에 지

원해서 해당 분야를 배웠다. 정치·외교에 대한 궁금증과 호기심으로 국회 인턴에 지원해서 경험을 해보았다.

입사 당시 관광공사 직원은 공무원은 아니지만 겸직을 금지한다는 사내 규정을 들었는데 까맣게 잊고 있었다. 근무 시간에 충실하고 개인 시간에는 하고 싶은 일들을 해도 되겠지 하는 막연하고 주관적인 생각에 회사 업무와 병행했다.

본업보다 퇴근 후, 주말과 휴일에 하는 활동이 더 즐거웠다. 학교와 회사에서 만나지 못했던 사람들을 만났다. 다양한 지식을 접하고 알게 되니 사회를 보는 시각이 넓어졌다. 실시간으로 올라오는 인턴 공지를 찾아보는 일이 삶의 즐거움이었다.

입사 전 미국에서 돌아왔을 때 대학생들이 하는 봉사활동을 하고 싶었다. 외국인 관광객을 대상으로 우리나라를 소개하고 국내 여행 정보를 알려주는 일이었다. 대학생이 아니었는데 면접에서 대학생이라고 말했다. 돈을 버는 일이 아니고 자원봉사하는 것이니 괜찮겠지 하는 생각이 컸다.

자원봉사 경험이 있어서 입사 후에도 문제의식 없이 다양한 일을 했다. 겸직 금지라는 사내 규정을 어긴 줄도 모르고 내가 할 수 있는 역할이 많다는 사실에 즐겁고 뿌듯했다. 고등학교를 갓 졸업한 인턴사원의 생각이었다.

그러던 어느 날 근무 시간에 인사 팀장님의 면담 호출을 받았다. 우리 회사는 겸직이 허용되지 않는 신분이라는 말과 함께 지금 하고 있는 모든 활동을 알고 있다고 했다. 사실이냐고 묻는 질문에 그렇다고 답했다.

개인 면담으로 받아들였는데 나중에 알고 보니 공식 명칭은 징계위원회였다. '징계'라는 말이 어린 나이에 무겁고 무섭게 느껴졌다.

호기심이 많은 성향으로 시작한 활동이 회사에 폐를 끼치는 일이라는 사실을 알았다. 하고 싶은 열정이 앞서도 내가 속한 조직의 룰이 우선이었다. 올바른 경로가 아니라 그릇된 방법임을 깨닫고 잘못을 크게 뉘우치고 죄송하다는 사과를 했다.

겸직에 대한 반성을 하면서 내가 원하는 삶은 무엇인지, 인생에 대한 방향성은 어떤 쪽이 맞는지 확실하게 깨달았다. 관광공사에서 무슨 결정을 하든지 나는 이 조직에 어울리거나 맞는 사람이 아니라는 판단을 내렸다.

징계위원회가 열린 다음날 인사 팀에 사직서를 냈다. 입사 6개월 차였고 정직원 신분으로 전환될 시점이었다. 인사 팀장님은 견책, 경고 정도로 경징계를 고민하고 있었는데 사직까지 해야 하냐며 미안해했다.

회사를 그만 두어야겠다고 결심을 한 지는 꽤 되었는데 '울고 싶은 데 뺨 맞았다'라는 속담처럼 타이밍이 맞았다. 내 입장에서는 퇴사를 앞당겨 시간을 번 셈이었다. 징계위원회가 퇴사를 앞당긴 결정적인 이유였다.

오랜 시간이 지나 인터뷰를 할 기회가 생겼을 때 이 일을 한 번도 언급하지 않은 이유는 한국관광공사 인턴 생활이 메인 주제인 적이 없어서다. 숨기고 싶지도, 밝히고 싶지도 않은 경험이었다. 지금 돌아보면 어린 나이에 모르고 했던 실수를 떳떳하게 이야기 할 마음의 준비가 안 되었던 것 같다.

진정성 있는 사과를 하고 자발적인 퇴사를 했지만 겸직으로 어학원에서 영리 행위를 하고 대학생 신분인 척 인턴과 봉사활동을 한 점은 명백한 잘못이다. 잘 모르고 시작한 일이었지만 결과적으로는 어리석은 도전이었다.

갑작스런 결원으로 업무 공백을 겪은 같은 팀 팀원들과 인사 팀원들이 힘들었을 것이다. 해마다 상반기에 바쁜 인사 팀장님이 신입사원인 나의 잘못으로 얼마나 곤란했을까, 대학생인 줄 알고 선발한 대외 활동 관계자는 내가 대학생이 아니라는 사실을 알았을 때 얼마나 황당했을까.

본의 아닌 실수로 관련된 분들에게 폐를 끼쳤다. 혹시라도 나로 인해 활동 기회를 잃은 분이 있다면 용서를 구한다.

군 생활을 비롯한 조직 생활을 해보니 스무 살의 과오가 뼈저리게 느껴진다. 10년 이상 지난 일이지만 도전에도 기본적으로 지킬 할 선과 울타리가 있다는 깨달음을 얻었다.

퇴사하는 날 인사 팀장님은 더 큰 사람이 되어서 관광공사 모델로 만나자는 메시지가 담긴 손 편지와 책을 선물로 주었다. 사회 초년생의 앞날을 위하는 마음이 전해졌다.

첫 직장에서의 자진 퇴사가 어둡고 수치스럽게만 기억되지 않고 가슴 한구석이 따뜻해지는 이유다. 실수에 대한 죄책감보다 후회보다 팀장님의 말이 20대 내 삶에 영향을 미쳤다.

올해 미스코리아로서 2024 한국 방문의 해 한복 화보 촬영을 했다. 인사 팀장님이 관광공사 모델로 만나자라고 한 지 11년이 지난 지금, 그 꿈을 이루기 위한 길 위에 서 있다.

파리의 소매치기
포르투갈의 인생 바다

＊

           무슨 일을 할지 계획하고 퇴사한 게 아니라 정해진 일이 없었다. 대학생들은 방학 때 배낭여행을 간다는데 모은 돈으로 여행을 가기로 했다.

  앞으로 어떻게 살지 생각도 정리할 겸 세계여행을 떠날 계획을 세웠다. 20대 청춘의 특권을 빌려 입사와 퇴사를 기념하고 새로운 시작을 준비하는 여행이었다.

  기대와 설렘을 가득 안고 여행을 떠났다. 사회 생활에서 느끼지 못한 자유와 해방감이 느껴졌다. 캐리어 없이 배낭을 메고 출발했다. 여벌옷과 속옷 2개, 세면도구가 전부였다.

  60일로 계획한 세계여행은 4개월이 걸려서 끝났다. 유럽에 있는 12개 국가를 시작으로 아시아, 남미, 중동까지 약 23개국에 머물렀다.

파리에서 스위스로 가는 기차역 근처의 카페에서 소매치기를 당했다. 주문한 음료를 테이블에 놓고 냅킨을 가지러 간 30초도 안 되는 사이에 가방 안쪽 주머니가 열려 있었다. 등받이 깊숙이 지퍼가 있는 주머니에 현금을 넣어뒀는데 돈이 없어졌다. 정말 눈뜨고 코 베인 순간이었다.

소매치기를 당하지 않으려고 앞으로 메는 가방을 메고 다녔는데 그 짧은 순간에 도둑을 맞아서 어이가 없었다. 역 주변 카페라 사람도 많았는데 그냥 다 모른 척 한 것인지, 소매치기가 만연한 도시 문화에서는 서로 신경 쓰지 않는 것인지 당황스럽고 화가 났다. CCTV가 없어서 확인도 못하고 카드로 돈을 찾아 남은 일정을 다녔다.

소매치기를 당한 후부터는 돈을 쓸 때 몇 번씩 고민했다. 꼭 써야 할 상황인지 거듭 생각하며 돈을 아꼈다.

스페인 여행은 했는데 포르투갈에는 갈 계획이 없었다. 비용이 빠듯했지만 스페인과 가깝고 에그타르트가 맛있다는 지인들의 추천으로 포르투갈에 들렀다. 아쉽게도 에그타르트 맛이 기대 이상은 아니었다.

리스본과 포르투 두 도시를 여행했다. 노을이 지는 바다 앞에 앉아있는데 음악 소리가 들렸다. 길거리 연주자가 바이올린을 연

퇴사 후 포르투갈 여행

주하고 있었다. 휴대폰 배터리가 없어서 전화는 꺼져 있었다. 사진을 찍을 수도 없고 할 수 있는 건 바이올린 음악을 들으며 바다를 바라보는 일뿐이었다.

지금은 멍때리는 시간을 좋아하지만 그때까지만 해도 가만히 있는 시간이 제일 아까웠다. 차분하게 가만히 앉아서 있어 본 적이 없었다.

유학 후 국내 고등학교를 다니다가 졸업하고 취업을 했다. 내 길이 아닌 것 같아 퇴사를 한 뒤 온 여행이었다. 바쁘게만 지내다가 노을 지는 바다를 보며 음악을 들으니 그동안 무엇을 위해 살았나 하는 생각이 들었다.

순간순간 눈앞에 보이는 것에 집중하며 살고 있는데 지금 놓치고 있는 것은 무엇인지 되돌아보았다. 순간에 몰입해서 최선을 다하며 살 수 있는 힘은 내 성향이나 기질 때문이 아니라 가족 덕분이라는 사실을 깨달았다.

부모님이 건강하고 가족 간 갈등 없이 각자의 일을 하고 있어서 순간에 집중할 수 있는 상황이 주어진 것이다. 집안에 누가 몸이 아프거나 가정 내 불화가 있다면 하고 싶은 일, 해야 할 일을 할 수 없다.

가족은 항상 등 뒤에 있어서 눈앞에 보이지는 않지만 가족이 있기에 순간을, 오늘을 산다는 것을 포르투갈의 바다를 보며 알

왔다. 잔잔한 음악이 있는 어느 해변에서 그동안 모른 채 살았던 가족에 대한 감사함을 느꼈다.

에그타르트의 맛이 궁금해서 온 포르투갈 여행이었지만 인생 바다의 추억을 간직하고 떠났다.

인도에서 하늘이
찍어준 카바디

✳

가장 오랜 기간 머물면서 가장 많은 사람
을 만난 나라는 인도였다. 여행객들의 성지인 인도에는 일주일
정도 머물 생각이었는데 한 달을 넘게 있었다. 가장 좋아하는 음
식인 카레를 마음껏 먹고 싶어서 인도에 갔다. 부모님과 지인들
은 인도가 여자 혼자 가기에는 위험한 곳이라고 말렸다. 조심해
야겠지만 특별히 위험한 곳이 따로 있다고 생각되지 않아서 예정
대로 인도를 갔다. 사람들이 안전하다고 믿는 나라에서도 사건
사고는 일어나기 때문이다.

뉴델리 공항에서 숙소로 가는 버스 안에서 내 인생의 두 번째
전환점이 되는 스포츠를 발견했다. 카바디Kabaddi였다.

7명쯤 되는 인원들이 모여 공터와 잔디 위의 모래에 선을 긋

고 어떤 말을 하면서 레슬링처럼 보이는 동작을 하고 있었다. 한두 곳이 아니라 5~6킬로미터 반경마다 같은 모습이 보였다. 옆자리에 앉은 사람에게 궁금해서 무슨 스포츠냐고 물으니 '카바디'라고 했다. 카바디는 힌디어로 '숨을 참는다'는 뜻이다.

여행 첫째 날은 호기심에 구경하느라 멈췄다. 둘째 날이 되자 거슬렸고 셋째 날에는 짜증이 났다. 여행을 방해받는 느낌이 들 정도였다.

우연인지 필연인지 가는 곳마다 카바디를 하는 사람들이 보이고 "카바디"라고 외치는 소리가 계속 들렸다. 일주일 정도 되었을 땐 궁금해지기 시작했다. 이 운동이 정확히 무엇인지, 어떻게 이렇게까지 재밌게 할 수 있는지 말이다. 궁금증을 품고 조금씩 배운 후 느꼈다. '내 것이구나, 카바디 해야겠다!'

하늘이 보내준 계시처럼 느꼈다. 딱 찍어서 맞춤형으로 나에게 보내준 선물 같았다. 육상을 해서 키운 스피드와 스턴트 치어리딩으로 길러진 민첩성과 순발력을 잘 살려 주특기를 극대화할 수 있겠다 싶었다.

살다 보면 누구에게나 티끌만한 의심도 없이 '이거다!' 싶은 일이 있다. 나에겐 카바디였다.

카바디는 아시안게임에 정식으로 채택된 종목으로 7인제, 5인제, 4인제로 나뉜다. 공 없이 맨몸으로 하는 단체 투기 종목이다.

술래잡기와 피구, 격투기를 혼합한 것처럼 보이는 운동이다. 공격과 수비로 나누어 터치와 캐치를 통해 점수를 얻는다. 여자부는 7인제로 15분 경기를 한다. 코트 안에서 공격수 1명이 상대 수비수를 터치하고 돌아오면 득점하는 방식이다.

한국으로 돌아오자마자 부산에 있는 대한카바디협회로 갔다. 여독이 풀리지 않은 여행객 차림의 젊은이가 불쑥 나타난 것이다.

"카바디 국가대표 선수로 경기에 뛰고 싶습니다. 필요한 자격이 무엇인지 알려주시면 준비하겠습니다."

협회 국장님은 어떻게 알고 왔는지, 왜 왔는지, 무슨 생각으로 이렇게 하고 싶다는 건지 다양한 질문을 품은 당황한 표정으로 나를 맞이했다. 선수들도 신기하다는 표정을 지었지만 자연스럽게 카바디 화를 빌려주고 훈련장으로 나를 안내했다.

상황과 조건을 재고 따졌다면 무작정 협회를 찾아갈 수 없었을 것이다. '한번 부딪혀서 해보자'는 단순함과 순수함이 연고도 없는 부산으로 발걸음을 인도했다.

부산에서 트라이아웃 식으로 훈련에 동참했다. 카바디 선수들이 지내고 있는 숙소에 입소해 합숙생활을 시작했다. 하루에 새벽, 오전, 오후 그리고 나머지 연습까지 총 4회 약 8시간 이상 운동했다. 쉬는 주말에도 선수들에게 부탁하여 훈련했다.

훈련을 할수록 실력은 빠르게 늘었다. 팀 스포츠를 한 경험이 선배들과 호흡을 맞추는 데 도움이 되었다. 2015년 말에 국가대표 상비군 선발전에서 상비군으로 뽑혔고 다음해에는 국가대표로 선발되어 다양한 국내외 대회에 출전했다.

누군가의 권유나 억지로 시간과 노력을 들여 카바디를 시작했다면 열정 없이 포기했거나 큰 부상과 사고로 이어졌을 것이다. 카바디가 재밌어 보여서 흥미가 생겼고 잘하고 싶은 갈망이 생겼다.

어떤 분야든 재미를 느껴야 성장한다. 재미로 시작한 카바디로 세계 선수권 대회와 아시아 선수권 대회 1위, 국제 친선 대회 금메달, 두 번의 아시안게임에 출전하는 기회를 얻었다.

재밌는 일은 꼭 해봐야 하는 성격이 상비군에서 태극 마크를 단 국가대표 선수로 성장시켰다.

성취감은 자아실현
열등감은 자기연민

＊

　　　　　　　　인생은 선택의 연속이다. 그때마다 무엇이
당장 이익이 될까 따진 적은 없다. 지금 이 순간 가장 원하는 것,
하고 싶은 일을 치열하게 고민했다. 시간이 걸려 답을 찾으면 주저
하지 않고 실행했다. 좋은 결과로 이어진 적도 있었고 그렇지 못
한 때도 있었다.

　실패를 절대로 경험해보고 싶지 않아서 피하려고 했던 적이 있
다. 운동을 하면서 여러 좌절의 순간들이 있었다.

　처음 시작한 운동인 육상을 시작한 날 큰 충격을 받았다. 평소
내가 속한 학급, 학교 체육대회 계주에서 항상 1등만 했었다. 또
래에서 제일 잘 뛴다고 자부했는데 육상부에 들어가서 보니 동
네에서 달리기를 조금 잘하는 한 명의 학생에 불과했다. 나보다

우수한 달리기 선수들이 정말 많았다.

지난날 허상과 망상에 빠져 내 실력만을 믿고 쉽게 시작한 육상이란 운동에서 처음 느끼는 좌절감이었다. 첫 경기에서 역부족인 실력으로 메달을 따지 못했고 그 후 경기에서도 두각을 나타내는 선수는 아니었다. 열심히 운동하고 노력했지만 마음대로 결과는 따라주지 않았다.

결과가 좋지 않은 이유는 자기 합리화 때문이었다. 동일하게 주어진 훈련 시간 동안 최선을 다해 운동했고 아침에 일어나서 자기 전까지 대회에서 뛰고 있는 나를 생각하며 마인드 트레이닝을 했었다.

모두가 하고 있는 루틴을 하며 똑같은 운동 양을 채웠을 땐 "다 했다! 오늘도 끝!"이라는 말과 함께 마쳤다. 내가 해야 할 훈련과 연습을 나의 기준이 아닌 남들의 기준에 맞춰 한 것이다. 남들에 비해 부족하고 실력이 좋지 못하면 그 이상의 시간을 투자하며 노력해도 모자란데 잘하는 선수들을 보면서 그들의 연습 기준이 나와 같다는 착각에 빠져 훈련했다.

어떤 상황에 처하든 남들의 모습과 기준에 맞춰 생각하고 따라하지 말아야 한다. 자신의 현 상황을 객관적이고 정확하게 판단한 후 전략을 짜는 것이 중요하다. 말은 쉽지만 행동은 쉽지 않다.

매일 여러 선수들을 보다 보니 판단력을 유지하기 힘들었다. 내 기준이 흔들리고 걱정이 많아졌다. 결과적으로 나에게 맞지 않는 방법으로 목표를 향해 헛수고를 할 것 같았다.

그 점을 깨달은 후부터는 초점을 나에게 맞추었다. 될 때까지, 스스로 만족스러울 때까지 했다. 훈련을 마친 시간 이후에도 개인 연습을 했다. 오늘 배운 점프 동작이 미흡해도 훈련이 끝나면 그만하고 쉬었는데 점프가 잘 될 때까지 뛰고 또 뛰었다.

훈련과 연습 패턴을 바꿀 수 있었던 이유는 나를 살피고 연구하는 시간을 가졌기 때문이다. 차츰 하루 루틴을 바꿔 나갔다. 공식 훈련 일정 외에도 개인적인 새벽 훈련과 야간 훈련 시간을 정해 운동을 시작했다.

새벽운동이 나에게 맞고 컨디션 향상에 도움이 된다는 점을 새롭게 알았다. 새벽운동 주기와 시간을 늘렸다. 다른 선수들과 같이 훈련할 때보다 혼자만의 시간에 개인 연습을 하니 몸이 편안해서 집중이 잘되었다.

단순히 뛰는 걸 좋아해서 선택했던 장거리 종목에서 스타팅 스피드와 점프력의 특기를 살려서 단거리 허들로 종목을 바꾸었다.

단거리 허들로 종목 전향 후 참가한 육상 대회에서 처음으로 동메달을 땄다. 신기한 경험이었다. '우희준'이라는 사람, 선수로서의 장점을 충분히 고민하고 연구해 얻은 성취였다.

나에게 가장 잘 맞는 종목과 훈련법, 연습 시간을 찾게 되었다.

객관적이고 정확한 선택과 변화는 단시간에 원하는 결과물을 가져다주었다.

노력은 배신하지 않는다. 상황에 따라 기대한 만큼의 결과가 나오지 않을 때도 있지만 노력의 열매는 반드시 있다. 누구나 남보다 못하고 뒤처지는 부분이 있다. 인정하고 노력하면 성장한 모습에 성취감을 느낀다. 노력 없이 생각에만 머물러 있으면 열등감에 빠져 살 수밖에 없다.

성취감과 열등감 중에서 선택은 자신의 몫이다. 성취감을 얻고 싶다면 방법은 하나다. 지금 바로 시작하면 된다. 성취감은 고통과 성장하는 과정을 거친 결과물이다. 열등감은 아무것도 하지 않은 사람이 생각만 했을 때 남는 자기연민이다.

무엇을 취할지는 자신의 몫이다.

시키는 리더와
보여주는 리더

✳

       운동을 하면서 팀 생활을 하다 보니 자연
스럽게 주장이나 리더의 역할을 맡을 때가 많았다. 육상 허들 팀
주장, 스턴트 치어리딩 팀 부 주장, 카바디에서는 주니어 팀 주장
을 맡았었다.

  육상은 모두가 개인 기록을 가장 중요시했다. 팀원의 컨디션 조
절에 필요한 부분만 주장으로서 알려주었다.

  치어리딩과 카바디는 달랐다. 단체 종목이라 서로의 단합이 경
기 결과와 팀 성적과 직결되었다. 최상의 팀플레이를 하려면 주장
의 노력이 필요했다. 팀원의 잘못된 자세와 운동법을 교정하고 단
체 생활의 규율을 교육하고 임무를 나눠서 지시하는 역할을 할 때
가 많았다.

처음에는 경험이 없어서 보이는 대로 팀원의 잘못된 부분을 지적하고 멀리서 감시했다. 바로바로 알려주는 게 리더의덕목인 줄 알았다. 팀원들을 지도하고 관리하면 할수록 내가 원하는 모습과 방향으로 따라와 주지 않았다. 역으로 어긋나게 행동하거나 불만을 품고 말하는 후배들이 생겨났다.

나 역시 육상을 배울 때 가르쳐 주는 주장이 있었다. 운동을 한 경력이 오래된 선배가 운동법과 스킬을 알려주었다. 처음 육상을 시작하는 초보자에게 몇 번 시범을 보이고 말뿐인 코칭 후엔 방치에 가깝게 내버려두었다.

주장의 지도법은 나를 위축시켰고 혼자서 훈련하게 했다. 궁금한 점이 생기면 다른 주장을 찾아서 물어보고 가르침을 받았다. 주장은 운동하지 않고 훈련 시간에 말로만 후배들을 가르쳤다. 주로 휴대폰을 보면서 팀원들은 가끔 힐끗 쳐다보는 정도였다.

믿고 따라야 할 사람이 어떤 능력을 갖춘 사람인지 잘 판단이 안 되었다. 같이 시합을 나가면 최적의 컨디션으로 뛸 수 있을지, 지도법을 믿고 그대로 했을 때 실력이 늘고 있는지 신뢰가 생기지 않았다.

인간적으로 좋지도 않고 운동 실력이 향상된 것도 아닌데 나도 모르게 이 주장의 지도법을 후배들에게 그대로 하고 있었다. 후배들도 그때 나와 같은 생각을 할 텐데 말이다. 육상을 시작할 때 힘들었던 점을 떠올렸다. 무엇부터 할지 몰라 막막하고 답답했던 마음이 제일 컸다.

후배들 개인별로 필요한 부분을 명확하게 시범 동작으로 보여줬다. 옆에서 정확히 잘되는지 지켜보고 잘하면 격려했다. 안 되는 부분은 지적하지 않고 원인을 짚어주며 개선 방향을 잡아 주었다.

'이런 주장이 있었으면 좋겠다' 하고 바랐던 상을 내가 되어 보기로 했다. 모르는 것을 알려주고 부족한 실력을 향상시키는 게 주장의 가장 큰 역할이라고 생각했다. 긍정적인 변화를 느끼면 인간적인 신뢰는 자연스럽게 쌓일 테니 말이다.

중요한 건 대회 당일 긴장되고 떨리는 순간에 주장의 리더십을 믿을 수 있어야 했다. 그건 하루아침에 되는 게 아니라 평소 쌓인 전문성을 인정하고 신뢰하는 마음에서 비롯된다.

가장 크게 바꾼 점은 서서 말로만 가르치는 방식이 아닌 각자의 포지션에서 몸을 뛰며 훈련을 도왔다. 지적할 부분은 해당 동작을 자연스럽게 보여주며 따라하게 했다. 올바른 자세를 동영상을 찍어서 틈틈이 연습하라고 보내주었다. 일상에서 자연스럽게 마인드 컨트롤 할 수 있게 도왔다.

새로운 운동법과 훈련에 들어갈 때는 명확한 설명과 함께 먼저 시범을 보였다. 수행 기간 동안 제일 앞에서 리드하며 끝날 때까지 선수를 믿고 따를 수 있도록 내가 가진 역량을 보여주며 노력했다.

내가 변하니 후배들도 변했다. 휴식 시간에 서먹했던 분위기가 화기애애하게 바뀌었다. 식사할 때나 이동할 때 내가 어렵고 불편했는지 옆자리를 꺼리는 눈치였는데 어느새 후배들로 채워졌다.

운동 기량뿐만 아니라 일상생활에서도 팀의 시너지 효과가 높아지고 경기 성적이 좋아졌다. 나도 모르게 학습된 예전 주장의 리더십을 후배들 입장에서 바꾸니 긍정적인 변화를 느꼈다.

주장으로서 말로 가르치고 시킬 때는 지루하고 후배들이 못하면 화가 났는데 보여주는 방식으로 지도법을 바꾸니 책임감에서 벗어서 재미가 느껴졌다. 몸을 움직이면서 알려주니 나도 운동이 되고 후배들도 이해하기 쉬워졌다. 연습 시간 대비 운동의 효율이 오르고 경기 결과에도 좋은 영향을 미쳤다.

이 시간을 경험한 후배들이 주장이 되었을 때 선한 영향력을 끼칠 수 있겠구나 하는 생각이 들었다.

악순환의 고리가 끊기고 선순환이 시작되었다. 어떤 일이든 처음, 누군가의 결단이 필요하다. 리더는 말로 시키지 않고 보여주는 역할을 해야 한다는 소중한 교훈을 얻었다.

팀 스포츠의 매력

나 때문이야

＊

        카바디를 8년 이상 했다. 가장 오래 한 운동 종목이다. 군 생활보다 긴 단체 생활을 카바디에서 했다. 가장 오래 운동한 종목이기도 하다. 육상과 스턴트 치어리딩과 달리 훈련 기간 동안 한 숙소에서 생활해서 추억이 많다.

    카바디는 팀의 단합이 경기력에 영향을 끼쳤다. 종목 특성상 7인이 모두 손을 잡고 수비를 해야 한다. 각자의 역할을 잘 해내는 것도 중요하지만 옆 동료와의 합이 잘 맞아야 수비 성공으로 점수를 획득할 수 있다. 사전에 선수들 간의 친밀도와 단합을 구축하는 것이 큰 경기 요소 중 하나이다.

    카바디는 실력이 압도적으로 뛰어난 선수가 한 명이 있다고 해서 이길 수 있는 경기는 아니다. 경기가 진행되고 상대방 선수에게 터치를 당하면 밖으로 아웃이 된다.

포지션 간 주 공격수와 수비수가 나뉘어도 누가 경기장에 남을지 모르기에 7명 모두가 공격과 수비를 할 줄 알아야 한다. 수비 간 누구라도 한 명이 호흡이 맞지 않으면 안 된다. 그렇기에 선수 전원이 공격과 수비, 두 포지션을 함께 훈련한다.

처음 카바디를 할 때는 주 공격수의 포지션을 담당했다. 수비 연습을 해야 한다는 것을 알면서도 경기 주전 멤버에 빨리 뽑히기 위해 개인 공격 스킬 훈련에 매진했다.

운이 좋게 막내선수로 뽑혀서 출전한 경기에서 공격 기회가 있을 때마다 공격을 나가 점수를 획득했다. 어떨 때는 한 번에 대량 득점을 해서 팀 승리에 적극적으로 기여했다.

반대로 공격을 마치고 전원이 수비를 할 땐 나에게 다가온 캐치 타이밍에서 상대방 공격수를 잡지도 못하고 우리 팀의 수비수들을 정확하게 서포트 하지도 못했다. 나로 인해 수비 점수를 뺏기고 대량 실점을 했다. 근소한 차이로 경기에서 졌다. 당연히 선배들과 코치님에게 혼날 준비를 하고 있었다.

나에게 들려온 말은 욕이나 훈계가 아니었다. 왜 경기에서 졌는지를 진지하게 토의를 했다. 그 누구도 경기 결과에 대해 나를 탓하는 사람은 없었다. 각자가 자신의 플레이를 반성하고 서로의 수비를 잘 도와주지 못했다며 부족한 실력을 이야기했다.

나를 제외한 모든 선수는 선배들이었다. 모두가 나에 대해 이야기 할 줄 알았지만 선배들은 경기 간 어떤 누구의 플레이도 아닌 자신의 플레이에 집중했다.

자신이 더 잘하지 못해서 결과가 좋지 않았다고 분석하는 모습을 잊을 수가 없다. 카바디는 개인의 기량이 충분히 뒷받침이 되어야 하는 종목이지만 서로의 약점을 커버할 수 있는 실력까지 겸비해야 하는 종목이라는 것을 느꼈다.

그날 이후 개인적인 기술 훈련만큼 수비 연습을 병행하였다. 개인의 뛰어난 공격 역량으로 점수를 획득하는 선수도 필요하하지만, 단체 수비를 할 때 손을 잡고 있는 선수가 수비를 하면 피해를 주지 않는 선수, 그 선수의 캐치 타이밍에 적극적으로 같이 도움을 줄 수 있는 선수, 내가 손을 잡고 있는 이 선수가 긴장하더라도 옆에 있는 나를 믿고 수비를 시도할 수 있게 돕는 선수, 이런 포괄적인 역량을 갖춘 선수가 되기 위해 노력했다.

시간이 흘러 주니어 팀의 주장으로서 경기를 치렀다. 나보다 운동을 시작한 시간과 역량이 부족한 주니어 선수들이 많아서 실수와 실점이 빈번했다. 전반전 후 하프 타임에 선수들은 아무 말도 하지 못하고 고개만 숙이고 있었다. 나의 막내 시절이 떠올랐다. 내가 해 줄 수 있는 말이 무엇인지 생각했다.

"미안해. 실수하지 않게 해줘야 하는데 주장으로서의 내 역할

못한 것 같아. 후반전에는 먼저 공격을 많이 나갈게. 주 수비수들 옆에서 손잡을 테니까 믿고 마음껏 캐치를 시도해 봐. 최대한 서포트 할게. 오늘이 첫 국제 경기잖아. 괜찮아. 전반전 경기는 다 잊고 지금 시작한다는 마음으로 후반전을 해보자."

경기는 2점차로 승리했다. 서로의 잘못을 따지고 지적했다면 긴장해서 다운된 경기 컨디션이 회복되지 않았을 것이다.

단체 팀 종목을 한다는 것은 모든 경기 결과의 원인은 선수 전원의 책임이라는 뜻이다. 누구 한 명의 실력이 부족해서 경기에 진 것이 아니라 선수의 부족함을 채워주지 못한 남은 선수 잘못도 있다. 후배들의 실수와 실점은 그것을 채우지 못한 나의 부족함이기도 했다.

단체 스포츠에서 역할을 다한다는 것은 자신만 잘하는 게 아니라 팀원들의 실수도 커버하는 것이다. 팀 동료들의 부족함을 끌어안고 갈 수 있는 능력 있는 선수가 되어야 한다. 팀 스포츠가 개인 스포츠보다 어렵지만 매력 있는 이유다.

PART 3

진심이 있어야
열심히 한다

파병부대에서 훈련 통역 후 휴식

순간의 찐이
진심이 된다

＊

'찐'으로 통하는 것들이 많다. 즐거운 기분, 맛있는 음식, 멋진 장소가 찐이라는 한 글자로 표현된다. 소소하고 확실한 행복이다. 순간의 찐이 모이면 괜찮은 인생이 되지 않을까. 오늘을 사는 게 아니라 순간을 산다. 쉬운 길을 놔두고 소신대로 빙 돌아간 적은 있지만 대충 눈앞의 상황을 넘기려고 꼼수를 쓴 적은 없다.

미스코리아 선이 된 후 진로를 바꾸지 않고 일상으로 돌아와 학군단 후보생으로 훈련을 했다. 대학 생활과 카바디 국가대표 선수 생활을 병행했다.

대학을 갓 졸업하고 임관을 했는데 여러 병과를 놓고 맞는 곳을 골라 지원하는 일 자체가 기쁨이었다. 학군단 후보생 시절부터 기다린 순간이었다.

군 조직은 정교하고 세밀하게 나눠져 있다. 얼핏 보면 똑같은 군복을 입은 군인처럼 보이지만 역할과 임무는 천차만별이다. 병과는 대학의 전공처럼 세분화되어 있고 임무에 따라 나뉜다. 전투 병과와 비전투 병과 중에 전투 병과를 선택했다. 체력적인 장점이 있고 꿈이 지휘관이어서 전투 병과 중에서 보병을 선택했다. 전투 병과의 보병은 전쟁이 나면 제일 앞에 나가서 싸우는 임무를 가진다.

부대는 전략적 위치에 따라 전방의 상비부대와 후방의 향토부대로 나뉜다. 특전사 부대로 배정받고 싶어서 상비부대를 신청했지만 이름도 긴 23보병사단 58여단 수색중대 수색소대장으로 첫 보직을 받았다. 수색중대 안에서 수색소대장으로 소대원들과 같이 수색 및 지역 정찰과 5분 전투 대기조, 부대 방호 등 다양한 임무를 수행했다.

수색대는 체력적인 요소가 많이 필요한 부대라 장점을 살리며 수색중대 안에서 배정된 소대의 소대원들을 지휘하며 책임감과 희생정신이 생겼다. 내가 하는 결정과 선택으로 소대원들의 생활환경부터 훈련 여건이 좌지우지되는 일이 많아서 모든 사안을 신중하게 처리하려고 했다.

카바디 종목에 대해 관심이 많은 소대원들과 부대 내 동료들을

위해 카바디를 직접 가르치고 전투 체육 종목으로 보급하기 위해
노력했다.

전역을 앞둔 병장부터 입대한 지 얼마 안 된 신병까지 계급과
개인별 주특기, 사회 경험 등을 고려해 군 생활을 조율해야 하는
상황이 많았다. 개별 면담을 하면서 각자의 고민과 고충을 듣고
숙지했다.

함께 임무를 수행하는 동료이지만 새로운 가족처럼 느껴졌다.
몇 달에 한 번 보는 가족보다 매일 시간을 함께하는 소대원들이
지금 내게 주어진 가족이었다. 아이를 낳아 키워 보지는 않았지
만 자식처럼 애틋한 마음이 들어서 지원을 아끼지 않았다.

전우애란 이런 것일까. 군대에서 만난 이들의 목적은 하나다. 나
라를 지키는 것이다. 나이와 계급, 성별을 떠나 조국수호의 울타
리 안에서 보듬고 위로하고 격려한다.

모든 군인은
국가대표다

*

BTS 멤버들이 군대에 갔다. 병역 특례 논란 없이 자진 입대를 했다. 국방의 의무를 다하는 모습이 멋지다.

징병제로 군대에 온 대부분의 용사들은 군대에 끌려왔다고 생각한다. 한창 놀고 싶을 때 놀지 못하고 대학 생활도 못 한 채 갇혀 있다고 억울하게 생각하는 이들이 많다.

자발적 선택이 아닌 징병으로 나라의 부름을 받고 국방의 의무하는 용사들의 마음이 100퍼센트는 아니더라도 어느 정도 이해되고 공감된다.

직업군인보다 군인으로서 갖는 목표와 비전, 명예와 사명감이 약할 수밖에 없다. 군에 대한 불만과 아쉬움이 있는 것은 당연한 일이라 용사들에게 제도적인 혜택과 보상을 주어야 한다.

국방부에서는 시설과 환경을 비롯해 재정적인 여건을 보장해 주려고 노력하고 있다. 한 예로 생활관의 시설이 8인 1실부터 4인 1실, 2인 1실로 쾌적해졌다.

외적인 조건보다 중요한 것은 군인의 가치를 스스로 아는 일이다. 용사들을 교육할 때 군인은 가장 명예롭고 고귀한 임무를 수행하는 사람이라고 말했다. 모든 군인은 국가대표다. 국가의 선택을 받은 이들이다. 운동선수처럼 세계 대회에 나가서 메달을 따지 않을 뿐 전투복을 입은 매일 일상이 국위선양을 하는 것과 다름없다.

국방과 안보, 안전을 책임지는 값진 임무를 가볍게 여기지 말라고 했다. 국민이 편안한 잠옷을 입고 밤에 숙면을 취할 수 있는 이유는 전투복을 입고 나라를 지키는 군인 덕분이다. 그동안 지켜온 국토 수호의 가치를 소중히 여기고 국가대표라는 자부심과 긍지를 가져야 한다고 강조했다.

집안에 부모님이 많이 편찮으시거나 생계유지가 힘들만큼 형편이 어렵다면 군대에 오지 못한다. 나는 용사들에게 국가가 국방의 의무로 부를 수 없는 처지에 있는 또래들도 있으니 군대에 올 수 있는 상황과 환경에 있음에 자부심을 가지라고 한다.

군 생활은 적극적이고 긍정적으로 자신에게 유익하게 하면 좋다. 민간인보다 자격증을 저렴한 비용으로 준비해서 딸 수 있다.

자신의 필요에 따라 자기계발을 얼마든지 할 수 있다.

군대에는 직능에 따라 여러 병과가 있다. 병과는 대학교의 전공처럼 특성화가 되어 있다. 글을 쓰고 사진을 찍기 좋아하는 용사는 공보병, 통계 임무를 하는 재정병, 기업의 인사 팀처럼 인사 임무를 배우는 병과도 있다. 어문 계열에 관심이 있는 용사는 영어, 중국어, 프랑스어 등의 어학을 배울 수 있는 프로그램을 활용하기 좋다.

간부가 되면 자신이 속한 부대뿐 아니라 해외에 있는 부대에 가서도 배울 수 있고 장학금으로 대학원을 다닐 수 있다.

사병의 복무 기간이 짧아지고 급여가 높아졌다. 시중 은행에 군인 우대인 특별 금리 상품에 가입해 제대할 땐 돈을 모아서 나온다. 목적성 적금으로 여행을 가거나 용도에 맞게 활용하는 사병이 많다.

식비 예산이 대폭 증가되어서 영양가 높은 다양한 메뉴로 매끼 맛있는 양질의 식사를 한다. 군 인권 의식이 높아져서 구타나 폭행, 인격 모독, 과도한 지시 등은 없어졌다고 해도 과언이 아니다.

국가대표 선수도 군인도 모두 나라를 대표하는 일이다. 사명감과 희생심이 있어야 할 수 있다. 국가는 추상적이고 지금의 나와 동떨어진 공동체가 아니다. 하루하루 발을 내딛고 숨쉬게 하는 감사한 터전이다. 주권과 영토를 잃고 정처 없이 이리저리 떠도는 난민 신세로 살지 않은 것도 나라 덕분이다.

나라는 언제나 내가 되고 싶은 그 자체였다. 카바디 유니폼에 적혀 있는 K.O.R.E.A. 시상식에서 금메달을 목에 걸고 수상할 때 불렸던 이름은 코리아였다. 대한민국의 이름이 경기장 시상대 가장 높은 곳에서 불릴 때 느낀 희열은 나로 하여금 더 큰 노력을 하게 했다.

미스코리아와 미스 어스에서도 우리나라의 위상과 미를 널리 알리기 위해 코리아 그 자체가 되었다. 군에서 복무한 3년 동안 전투복에 태극 마크를 달고 국내·외에서 모든 임무를 수행했다. 앞으로 인생의 모든 여정 속에서 대한민국이 되는 길을 걷기로 다짐한다.

올림픽이나 월드컵 때 우리나라를 함께 응원하고 승리의 기쁨을 나누는 것도 애국심이다. 잊고 살다가 4년에 한 번씩 국제 경기가 돌아올 때마다 생각날 수도 있다.

하루하루 주어진 일을 열심히 하는 삶도 애국이다. 자신의 자리에서 문득문득 기억되는 우리나라를 소중하고 자랑스럽게 여기길 바란다. 지금도 각자의 자리에서 나라를 위해 희생하는 모든 군 장병에게 감사의 마음을 전한다.

밤에는 울고 아침에 웃고
화장실 찾아 삼만 리

*

낮에는 씩씩하고 강해 보이는 소대장이었
지만 해가 지면 평범한 내 또래의 여성으로 돌아왔다. 가끔 친구
들과 밤에 통화하면서 힘들다고 투정부리며 하소연을 했다.

청룡영화제에서 상을 받은 어느 배우의 수상 소감이 생각났다.
힘들 때 힘을 주었던 북한산에게 가장 고맙다고 했다. 사람에게
듣는 위로의 말보다 말없는 자연이 주는 치유가 있다.

나에겐 북한산 대신 밤하늘의 별이 있었다. 밤하늘을 보며 남
몰래 울었던 순간, 잠들기 전에 베개를 적시며 울었던 순간이 차
곡차곡 쌓여 내면을 단단하게 했다. 아무도 보지 않는 곳에서 눈
물을 흘리고 난 뒤에 느끼는 후련함은 내일은 오늘보다 잘 할 수
있을 거라는 힘을 주었다.

국가대표 선수로 그동안 해 온 훈련 양이 있는데 힘들어봤자 얼마나 힘들까 하는 자신감이 있었다. 자만이었다. 루틴에 따라 하루에 정해진 운동 양을 채우는 선수와 군인은 달랐다. 운동의 양으로 치면 선수 시절이 훨씬 많았다.

군인은 일정에 따라 훈련이 있는 기간과 없는 기간으로 나뉜다. 거의 365일 운동을 하는 선수보다 몸을 움직이는 훈련 기간은 짧았지만 강도가 높았다.

선수의 운동은 개인과 팀의 기량을 높이는 게 목표라면 군인의 훈련은 적군의 도발과 침략으로부터 국토와 국민을 지키는 것이다. 언제 적군의 공격을 당할지도 모른다는 가정 하에 이루어지는 훈련이라 매순간 긴장감을 늦출 수 없었다. 주어진 운동 양을 채우는 운동선수와 국가 안보를 위해 전쟁을 대비하는 군인의 훈련은 마음가짐부터 차이가 컸다.

여군으로서 야외 훈련이 가장 힘들었던 점은 화장실에 가는 일이었다. 번거롭고 불편했다. 휴식 시간에는 힘들어서 1분이라도 더 쉬고 싶은데 남군들처럼 빨리 해결할 수 없었다.

남군들은 삼삼오오 수풀에서 해결이 가능했지만 어두컴컴한 밤길을 혼자서 휴대폰 손전등을 켜고 걸어갈 때면 공포와 두려움이 밀려왔다. 무서워서 들리는 환청인지 들짐승 소리도 나는 것 같고 갑자기 사람이 툭 튀어나올까봐 조마조마했다.

'함께 갈 여군이 한 명만 있었어도 덜 힘들었을 텐데' 하는 아쉬움이 들었다.

캠핑장이나 야외 시설에 있는 화장실을 보면 감격스럽다. 화장실을 찾아 이곳저곳을 찾아 헤맨 적이 여군만 느낄 수 있는 감정이다. 여러 사람이 쓰는 화장실이라 청결 상태가 깨끗하지 않아도 괜찮다. 위험을 감수하고 먼 길을 가지 않고도 바로 쓸 수 있으니 그것으로 족하다.

세상에 불만족스러운 일은 있지만 당연한 일은 없다. 공공화장실이 더러워서 불만족스러울 수 있지만 화장실이 바로 앞에 있는 게 당연한 건 아니다. 당연한 건 없다는 관점으로 세상을 바라본다면 지금보다 여유로운 마음으로 사람을 대하고 세상을 살 수 있다.

북한군 도발에 대비하는
KCTC 훈련

＊

군에서 하는 KCTC Korea Combat Training Center 훈련이 있다. 생존의 위협을 느끼는 훈련이라 가장 힘들었다. 2주 동안 북한군 도발 상황을 가정한다. 잠은 야외 숙영 텐트에서 잤는데 훈련 기간 내내 비가 와서 빗물이 텐트 바닥으로 차올랐다.

축축하고 딱딱한 텐트 바닥에 등을 대고 잠깐 누웠다가 벌떡 일어나 공습에 대비했다. 수면 부족 상태에서도 유사시 전투력을 극대화 시키는 게 목표였다. 체력이 좋은 편이라고 생각했는데 잠을 못 자니 아무 소용이 없었다.

잠을 거의 못 잔 상태에서 야간에도 훈련을 했다. 진흙탕을 구르며 총을 쏘고 숨고 뛰어다녔다. 누워서 포복하고 사격하다가 좁은 공간에 설치된 장애물을 넘었다. 숨이 헉헉 차오르고 머리는 띵했다. 팔다리는 힘이 풀려 움직이기 힘들었고 정신력으로 버티는 상태였다.

2주 동안 계곡에서 몰래 머리를 감고 몸과 얼굴은 물티슈로 닦았다. 입안은 가글을 했다. 몰래 양치는 할 수 있었다. 샤워를 못 해서인지 가끔 양치를 하면 어찌나 개운했는지 모른다.

극한 상황에서 정신력으로 견뎌야 했다. 비가 오면 비를 맞으면서 날씨와 한몸이 되었다. 얇은 비닐 우비만 입고 눈과 비를 온몸으로 맞았다. 추워서 체온이 내려갔다. 입술이 파르르 떨리고 손발이 얼음처럼 찼다. 저체온 상태가 온 것일까.

식사는 전투 식량으로 받아서 먹었다. 봉투에 밥 조금과 반찬이 이 섞여 있다. 음식이 굳어서 발열 팩을 써서 데워 먹었다. 배급되는 전투 식량 외에는 먹을 게 없어서 맛을 따지지 않고 먹었다. 허기를 채울 수 있어서 만족했다. 먹고 자는 것뿐 아니라 모든 일상을 전쟁 발발 태세를 갖춰 움직였다.

일종의 전투 조끼인 마일즈 장비를 착용하고 두 팀으로 나누어 사격을 했다. 북한군 대 국군이 싸우는 것이다. 레이저 빔이 전투 조끼에 명중하면 자동으로 '사망'이라고 뜬다. 국군끼리 총격은 할 수 없고 실전 훈련은 해야 하니 고안한 방법이다. '사망'이라고 뜬 글씨를 보면 마음이 짠했다. 실제 적군인 북한군이 아니라 우리 군이라 그랬다.

KCTC 훈련을 하는 목적을 그때 깨달았다. 비가 새는 야외 텐트에서 쪽잠을 자고, 차디 찬 봉투에 밥과 반찬이 뒤섞여 형체를 알 수 없는 음식을 먹는 이유를 말이다.

고난 체험이 아니라 긴급 상황 발생 시 국민의 안전을 지키기 위한 훈련이다. 그 임무를 맡은 군인조차 잊으면 안 되기에 사전에 준비하는 것이다.

출근 룩은
군복 군화 전투모

*

사람마다 가치관에 따라 선택을 한다. 가장 소중하게 여기는 것이 무엇이냐에 따른 선택의 결과가 달라진다. 직업 군인이라는 자부심이 컸다. 태권도 선수, 형사인 아버지처럼 국위선양하고 싶다는 막연한 꿈을 이뤄서 행복했다.

직장인들은 출근을 하려고 비즈니스 정장을 골라 입는다. 나의 출근 복장은 군복과 군화, 전투모다. 주말에 관사에 있으면 편안한 옷차림으로 쉬고 가끔 외출을 하니 사실 많은 옷이 필요 없었다.

요즘 현대인들이 추구하는 심플 라이프에 최적화된 생활이다. 의식주 자체가 일정한 울타리 안에서 이뤄졌다. 부대 안에서 먹는 식사, 퇴근 후에 가는 관사, 군복과 홈웨어로 말이다.

'언젠가 경험한 듯한 이 느낌은 뭐지?' 하는 생각이 들었다. 바로 운동선수의 루틴이었다. 훈련과 휴식으로 이뤄진 단순한 생활을 어렸을 때부터 해서 군인의 삶이 지루하지 않았다.

근거리지만 출퇴근하며 오가는 시간은 기분 전환이 되어서 좋았다. 교통이 불편한 지역이라 부대와 관사 주변에는 편의 시설이 거의 없었지만 공간 이동이 주는 힘이 있었다.

군인으로서 마주하는 일상은 선수 생활을 할 때의 루틴과 비슷한 점들이 많았다. 육상과 스턴트 치어리딩, 카바디 선수 생활로 새로운 환경과 사람들 사이에서 지내봐서 그런지 군 생활 내내 큰 어려움 없이 임무 수행을 했다.

서로 차이를 인정하고 존중하며 그 안에서 나의 역할을 정확하고 책임감 있게 수행하려고 노력했다. 조직 생활에서 가장 중요하게 생각하는 덕목이었다. 3년 동안 군인의 신분으로 살면서 버팀목으로 삼고 지키려고 했다.

인간관계와 주변 일로 마음이 복잡한 사람들이 많다. 스마트폰의 영향도 크다. 실시간 방대하게 쏟아지는 인터넷 정보와 카단체 채팅방 메시지들. 생활을 단순하게 바꾸면 도움이 된다. 집중해야 할 대상이 명확해지고 에너지가 모인다. 순간순간 최선을 다할 힘이 분산되지 않는다.

내가 현재 가장 중요시 생각하고 우선순위에 두는 것 있다면 선택은 명확하다. 모든 집중력과 노력을 그 순간에 최대한으로 쏟으면 원하는 목표치에 가깝게 도달할 수 있다. 에너지가 배가 된다. 지금 1분을 어떻게 사느냐가 정말 중요한 이유다.

매일 같은 출근복을 입고 군화를 신고 전투모를 썼지만 하루 라는 시간 속의 모든 순간은 다르게 흘러간다. 옷과 신발을 고르 는 작은 선택을 하지 않으니 집중할 일이 생겼을 때 몰입하는 힘 이 커지고 시간의 효율성이 높아졌다.

군 생활은 나에게 맞아서 좋았다.

아무것도 하지 않으면
아무 일도 일어나지 않는다

*

수색소대장으로서 맡은 일을 하루하루 수행했지만 특전사 부대에 미련이 남았다. 위관장교일 때 꼭 배정받고 싶은 마음이 커서 담당 장교님에게 연락을 취했다. 기업의 인사 팀처럼 군에도 보직을 발령하는 부서가 있다. 우희준 소위라고 소개한 뒤 특전사 부대로 발령이 나지 않은 점이 궁금하다고 문의했다. 지금까지 여군 소위 계급이 특전사로 발령받은 적은 없다는 답변을 받았다.

"군법에 여군 소위가 특전사로 갈 수 없다는 조항은 없습니다. 선례가 없다면 지원할 수 있는 기회를 주십시오. 체력 시험을 봐야 한다면 시험을 보겠습니다. 특전사 임무 수행을 위해 준비를 해왔습니다. 추가로 필요한 자격이 있으면 알려주십시오."

레바논에 있는 가나 대대 앞에서

첫 연락 이후 몇 차례 더 어필을 했다. 그해 말 여군 소위 중에서는 최초로 특전사 발령을 받았다.

오래전 특전사 사령부 예하에 여군 중대가 있을 때 소속된 여군 부사관 중 몇 명만 남아 있고 장교로서 특전사 여군 소위는 없었다. 간절히 원했고 간청해서 얻은 일이었다. 특전사로 발령을 받아서 뛸 듯이 기뻤지만 책임감과 부담을 함께 느꼈다.

아무것도 하지 않으면 아무 일도 일어나지 않는다. 안 되는 일이라고 체념하고 마음을 접었으면 얻을 수 없는 기회였다. 특전사 여군 소위가 없었던 내부 상황이 있었을 텐데 발령을 받아서 감사했다. 여군 소위 모든 구성원에게 누를 끼치고 싶지 않아서 몇 배로 열심히 해야겠다는 각오를 다졌다.

첫 근무지인 강원도 동해의 수색중대에서 특수전사령부 예하의 국제평화지원단이라는 파병전담부대로 전입을 갔다. 파병을 위한 기본 행정 업무부터 파병을 준비 교육을 전담하는 부대였다.

전입 첫날 여단장님을 만났다. 특전사의 일원이 되어 영광이고 팀 생활을 하고 싶다고 했다. 단장님은 12명이 팀 생활을 하는데 11명의 남군과 1명의 여군이 같은 생활관을 쓰는 일은 현실적으로 어렵다고 했다. 야외 훈련을 나가면 3인이 한 텐트를 치고 숙영해야 하는데 남군 2명과 여군 1명이 함께 자는 일도 불가능한 일이라고 했다.

여단장님에게 같은 전우들이니 괜찮다고 했다. 환복을 할 때나 필요시 공간 내부를 분리하고 서로 쳐다보지 않으면 될 것 같았다. 임무 수행을 하는 인원들끼리 부끄럽거나 창피한 일은 아니라고 생각했다. 내 기준에서는 제한사항이 아니었는데 여단장님의 반문에 대답을 잇지 못했다.

"넌 괜찮을 수 있지만 11명은 아닐 수도 있잖아?"

맞다. 남군들은 불편할 수도 있다. 여단장님은 3명이서 한 텐트에서 숙영하는 것도 남군 2명이 힘들어할 수 있다고 했다.

하지만 특전사 일원으로 임무 수행을 꼭 해내고 싶었다. 대위가 되어 중대장을 하고 영관급 장교로 진급해서 지역대장, 대대장 등 실병 지휘를 할 수 있는 지휘관으로서 임무를 수행하고 싶었다.

그러려면 다양한 부대에서의 지휘 경험이 반드시 필요했다. 체력이 좋을 때 진급하여 더 많은 인원들을 지휘하려면 특전사 부대 경험을 해보고 싶었다. 중위도 늦다. 소위 때 하고 싶은 직책이자 부대여서 포기하고 싶지 않았다.

여단장님을 설득해 하반기에는 팀으로 내려 보내 주겠다는 확답을 받았다. 여군이 팀 생활을 함께 하는 여건이 만들어질 때까지 다른 임무를 먼저 하라는 지시를 받았다. 특전사 국제평화지원단 민군작전과에서 파병 업무를 지원하는 임무를 배정받았다.

국제평화지원단 부대원으로서 파병 현황을 브리핑하고 파병 교육 및 훈련 지원 업무를 했다. 외국군들이 방문하면 영어로 의사소통을 하고 우리나라의 전쟁사와 파병부대의 연혁을 알렸다.

파병 기념관에 전사한 전우들, 호국 영령들을 기리는 영상을 제작해 상영하여 방문객에게 보여줬다. 외국군을 위해 영어로 녹음한 오디오 자료를 틀어줬다. 나라를 위해 목숨을 바친 분들을 기리는 작업에 내 목소리가 함께 나오니 영광스러웠다. 목숨을 바친 분들의 희생 덕분에 오늘을 사는 우리가 있다.

특전사 부대에서 매일 팀 생활을 대비하기 위해 부대원들과 체력 운동과 전장 순환 운동, 특전사 체력 기준에 부합하기 위한 강도 높은 여러 훈련을 병행했다.

언제 어디서라도 즉시 투입이 가능한 특전사 부대원의 능력을 갖추기 위해 노력했다. 현재 담당하고 있는 일과 함께 직접 다양한 특전사 교육과 훈련을 지원해서 받기 시작했다.

상공 300미터, 500미터에서 낙하산으로 착지하는 공수 훈련을 지원해서 자격을 취득했다. 간부로서 갖춰야 할 특수 작전에 대한 지식, 행동 요령을 배우는 특수전 기본 특별 교육 훈련을 받았다. 전투원으로서 성장하기 위한 준비를 했다.

처음에는 부대 동료들의 의심 어린 눈초리를 받았다. 하루하루 지날수록 믿음과 동료애가 담긴 눈빛으로 바뀌기 시작했다. 특전사 부대의 일원이 된 것이 실감났다.

레바논 동명부대로
파병을 떠나다

✳

　　　　　　어느 날 파병 업무를 지원하던 중에 파병 공고가 떴다. 레바논 평화유지단 소속 동명부대에서 보직을 뽑는 공고였다. 동명부대는 동쪽을 밝히 비추는 별이라는 뜻으로 부대로 한국군 파병부대 중 최장수 파병부대다. 레바논 남부 지역의 평화 유지에 기여하고 있다. 적극적인 민사 작전으로 현지인에게 신이 내린 선물, 레바논 국민의 친구이자 형제라는 찬사를 받는 부대다.

　파병 인원을 뽑는 중위 계급의 보직은 단 2개였다. 군사경찰 소대장과 통역장교였다. 군사경찰소대장은 병과가 군사경찰이라 지원 자체가 불가했다. 당시 중위 계급의 내가 지원할 수 있는 보직은 통역장교였다.

영어를 배우길 정말 잘했다고 생각한 순간이었다. 스턴트 치어리딩 국가대표 선수로 뽑혀 국제 대회에서 우수한 성적을 거둬도 영어로 말 한마디 못해 부끄러워 시작한 영어 공부가 군인이 되었을 때 도움이 될 줄 상상이나 했을까.

관광공사 직원 때부터 운동선수를 하면서도 동시통역을 했고 TESOL과 토익, 토익스피킹, 오픽 그리고 통역자격증 등 다수의 영어 관련 자격증을 보유했다. 유학 생활로 중국어와 프랑스어 회화가 가능한 상황이었다. 외국어가 가능한 많은 중위들이 통역장교 보직을 지원해 가장 높은 경쟁률을 기록했다. 최종 합격 통보를 받고 얼마나 기뻤는지 모른다.

직업 군인은 나라를 위해서 명예를 선택한 사람이다. 나라를 위한다는 말에는 자신을 희생한다는 뜻이 담겨 있다. 군인이 되겠다는 마음은 희생을 하겠다는 표현이다. 파병부대에 중위로 한 번에 합격해서 온 것은 큰 영광이다.

정해진 파병 기간 8개월을 위해 지원과 불합격을 여러 번 반복하는 군인들이 많다. 선발된 인원은 지원한 모든 장병의 염원을 모아 그 몫까지 최선을 다해야 한다.

파병을 나가는 한 기수를 진이라고 하는데 레바논 평화유지단 동명부대의 27진 통역장교로 선발이 되었다. 한 진의 파병 기간은 8개월이고 인원은 200명 후반에서 300명을 넘진 않는다.

선발 담당 장교님에게 듣기로 다른 지원자들 중에서 독보적인 통역 경력과 경쟁력이 있어서 가장 신속하게 선발을 결정지었다고 했다.

특전사 팀 생활을 하기 전에 파병을 먼저 떠나는 상황이었다. 6월말에 통역장교로 선발되어 9월초에 파병을 가야 했다. 3개월 동안 정기적으로 소집이 되어서 파병 교육을 받았다. 레바논의 현지 정보를 듣고 평화유지군의 임무를 배웠다.

통역장교 일에 필요한 군사 용어를 익히고 그에 맞는 영어 표현을 공부하면서 국방어학원에서 위탁교육을 받았다. 무엇보다 상시 체력 단련을 우선으로 했다. 하루하루 훈련에 임할수록 파병 출국일이 성큼 다가오는 것 같았다.

잘하는 일을 도전하는 사람은 아무도 없다. 부족하고 못하는 일, 피하고 싶은 일, 트라우마가 있는 일을 시작하기로 마음먹고 한걸음을 내딛으면 도전이 된다. 지금 시작한 도전이 훗날 기회로 이어지고 그 기회가 뜻하지 않은 좋은 길이 된다.

거창한 무언가를 이뤄야지 하는 포부와 야심으로 하는 게 도전이 아니다. 가 보지 않은 길에 한 발짝 발을 뗐다면 도전이다. 일상의 긍정적인 변화를 줄 수 있다면 도전할 게 무궁무진하다.

기상 시간 10분 앞당기기, 야식 먹지 않고 12시 전에 잠자기, 스마트폰 사용 시간 매일 10분씩 줄이기 등 일상에서 구체적으로 실천할 수 있는 일들이다.

큰 성과를 내는 것만이 도전이 아니다. 목표가 있다면 눈앞에 보이는 할 일에 순간순간 집중하면 된다. 변화로 작은 성취가 쌓이면 도전을 위한 좋은 밑거름이 된다.

인간의 부족함은 일상의 도전을 낳는다. 도전은 나를 위한 일처럼 보여도 궁극적으로는 남을 위한 일이다. 자신의 재능을 나누는 일이다. 어제의 부족함을 채운 오늘의 내가 더 나은 모습으로 사회에 기여하는 일이기도 하다.

극한 순간
생과 죽음

✳

　　　　　　　"20대 여성이 어떻게 파병에 지원했나요?
전시 상황인데 무섭지 않았어요? 부모님은 반대하셨죠?"

　아직도 자주 받는 질문이다. 모두 맞는 말이다. 파병에 지원해서 나가는 일은 위험하고 부모님이 반대할 만한 일이다. 모든 군인이 그렇다고 할 순 없지만 대부분의 군인은 파병을 나가길 원한다. 몸을 다칠 수도 있고 위험한 상황에 처할 수 있지만 군인이 되기로 결심한 순간 어느 정도는 감수한 일이다.

　사람마다 개성과 성향, 추구하는 가치관이 다르다. 사람들의 관심을 받으며 춤을 추고 노래를 부르는 일에 행복감을 느끼는 사람도 있고, 혼자 조용히 책을 읽고 영화를 보는 게 즐거운 사람이 있다. 그 누구도 어떤 일이 더 낫고 평가할 수 없다. 평가해도 안 되고 평가 당해도 안 된다. 평가의 잣대와 기준이 다르기 때문이다.

중요한 점은 내가 어떤 사람인지 아는 것이다. 나를 안다는 것은 참 단순하고 쉬운 일일 수도 있고, 세상에서 가장 치열한 고민이 필요한 일일 수도 있다. 나를 알아야 내가 할 일, 갈 길을 찾는다.

인스타 프로필 사진에 있는 군복에 파란색 베레모를 쓴 모습이 잘 어울린다는 말을 듣는다. 잘 모르는 분들은 군대에서 주는 모자인지 개인적으로 사서 쓴 것인지 묻는다. 파란색 베레모는 UN 마크가 찍힌 UN 베레모다. 파란색은 평화를 상징하는 UN의 색깔이다. 파병 기간에는 자국 소속이 아니라 UN 소속이다. 파란색 베레모는 파병지에서만 쓰고 복귀 시 다시 야전 전투모 혹은 일반 베레모를 쓴다.

레바논은 이스라엘과 상시 내전 상황이다. 이스라엘과 레바논 사이에는 우리나라로 치면 군사분계선이 같은 블루라인이 있다. 국경을 나누는 선이 파란색이라 블루라인이라고 한다. 동명부대는 블루라인을 수호하는 역할을 맡았다.

파병 기간 중에 블루라인 부근에서 이스라엘이 포를 쏘는 일이 벌어졌다. 레바논도 맞대응으로 포를 쏘았다. 내전 중인 국가 사이에 포를 쏜다는 군사 행위는 도발이다. 포를 쏜 정확한 지점은 알 수 없었지만 큰 피해가 예상되는 폭발음이 났다.

당직을 서는 날이라 상황실에 있었는데 상급부대인 유니필UNIFIL
에서 모두 벙커로 대피하라는 명령이 떨어졌다. 대피 방송을 시작
했다.

장병들이 잠을 자거나 개인 활동을 하는 밤 시간대였고 그날
처음으로 지하 벙커로 대피를 했다. 제한된 공간의 좁은 각 벙커
속에 최대한 많은 인원이 전원무장을 하고 들어가서 대피를 했
다. 지하 벙커는 기본적인 전투 식량과 보고 체계를 위한 시스템
을 제외하고는 정말 열악한 시설이었다.

벙커로 대피한 후 상황이 잠잠해져서 장병들은 숙소로 돌아갔
다. 상황실로 돌아가 당직 임무를 하고 있는데 새벽 2시쯤 두 번
째 포가 터졌다. 처음보다 더 생생한 굉음이었다. 첫 번째 포보다
더 가까운 장소에서 들리는 폭발음이었다. 유니필에서 다시 대피
명령을 내렸다. 장병들이 잠든 새벽 시간대라 대피 명령을 급박
하게 했다.

"전 인원 현 시간 부로 모든 무장 태세 갖추고 벙커로 신속하게
대피해라!"

방송을 하는 내 목소리가 작아서 못 듣거나 몇 번 말하다가
멈추면 자다가 숙소에서 목숨을 잃는 장병들이 생길 수도 있겠
다는 상상에 눈앞이 아찔했다. 점점 목소리가 떨렸지만 목이 터

져라 큰소리로 대피 명령을 반복했다.

두 번 다 모든 부대원들이 벙커에 입실했는지 확인한 후에 가장 마지막으로 벙커로 들어갔다. 그때서야 '나는 누구? 여긴 어디?'라는 현실 자각이 되었다. '그래, 나는 파병에 온 거고 여기는 전시 상황이지.'

안도감은 잠시뿐이었다. 계속 상황이 악화되면 여기서 죽을 수도 있겠다는 생각과 공포가 엄습했다. 군 생활을 하면서 파병 기간 중 처음으로 부모님이 가장 절실하게 생각났다.

매번 바쁘고 힘들다는 이유로 자주 연락드리지 못한 점이 사무치게 후회가 되었다.

두렵고 흔들리는 마음을 붙잡고 내가 할 수 있는 최선을 다 하자라는 생각으로 정신을 차렸다. 후회 없이 맡은 임무를 끝까지 해내자는 목표를 붙잡았다.

지휘부 내에서 현재 교전 상황을 점검한 뒤 보고했다. 실시간으로 해외 뉴스와 상급부대와의 소식을 통역하고 소통하며 대피 상황을 살폈다. 아침이 되면서 상황은 나아졌다. 다시 전원 숙소로 복귀 및 대기 명령이 떨어졌다.

아찔한 시간이었지만 현재 신분과 임무에 대해 돌아보는 기회가 되었다. 군인으로서의 책임감과 희생정신을 다시 되새긴 잊지 못할 경험이었다.

화재로 순직한 소방관의 뉴스를 종종 접한다. 주어진 임무를 성실하게 했을 뿐인데 그 결과가 목숨을 잃는 상황으로 이어졌다는 소식을 들으면 마음이 아프다. 군인의 전시 상황도 같다. 평소 하던 대로 맡은 일을 하다가 생명을 잃을 수도 있다.

극한의 순간에서는 삶과 죽음의 경계가 종이 한 장처럼 맞붙어 있구나 하는 생각이 들었다. 떠오르는 사람은 가족뿐이었다.

조국과 나아가 세계 평화를 지키기 위해 전쟁의 땅에 왔지만 가족을 볼 수 없고 지킬 수 없다면 무슨 의미가 있을까 허망했다.

후회와 아쉬움으로 생을 마감하지 않고 다시 주어진 생에 감사한다.

버티는 사람이
가장 강하다

＊

　　　　　　　강한 사람이 살아남는 게 아니라 살아남는
사람이 강하다. 하루하루 근근이 버티는 게 의미 없이 보여도 생
을 버티는 힘은 세상에서 가장 세다.

　남들 눈에 그리 대단하지 않고 볼품없는 일처럼 보여도 자리
를 지키는 사람은 누구보다 강하다. 자리를 떠나거나 옮길 상황
은 생기겠지만 말이다. 고민과 선택을 치열하게 하면서 우리는 날
마다 성장한다.

　울고 웃은 파병 생활은 바쁘게 흘러갔다. 한밤 중 포격 사건은
전우애로 똘똘 뭉치는 계기가 되었다. 부대원 모두 군인으로서
의 사명감과 책임감이 한층 높아졌다.

　통역 보직으로 레바논에 파병을 왔지만 총을 들고 싸울 만발

의 준비는 하고 있었다. 전투 병과 소속으로 수색중대에서 소대장이었을 때에도 전투원이 부족하면 언제든 전투 인력으로 투입될 수 있다고 생각했다.

파병을 신청할 때도 같은 각오를 했다. 작게는 생활의 불편함부터 크게는 신변의 안전까지 말이다. 통역장교로 최종 합격 통보를 받는 순간 파병 결정을 바꾸거나 미룰 수 없다는 사실을 실감했다.

특별한 임무가 없는 일상이라도 전투복을 입고 지낸 하루하루가 기억에 남는다. 파병지에서 숨을 쉬고 발을 내딛고 지낸다는 사실 하나로 뿌듯했다.

마음의 평안은 자족감에서 온다. 자족감은 일에 대한 성취감에서 느낀다. 명확한 목표를 이뤘을 때 자족하기도 하지만 힘든 순간을 버텼을 때도 그렇다. 그 고비를 넘겼을 때 찾아오는 평안함이란 이루 말할 수 없다.

파병 기간에 가장 힘든 상황을 견뎌내니 전쟁의 공포가 자족감과 평안함으로 바뀌었다. 작은 훈장을 가슴에 단 기분이었다. 지금이 인생의 고난을 겪는 시기라고 느끼는 분들도 버티는 힘으로 마음의 평안을 얻길 바란다.

라면 부자와
국방부의 김치 택배

＊

밤에 자려고 누우면 컨테이너 박스 위로 빗물 떨어지는 소리가 들린다. 빗물이 아니라 돌이 떨어지는 소리 같다. 아무리 가벼운 빗방울이라도 얇은 철판을 통해 머리 위에서 떨어지는 소리가 반복되면 돌처럼 크고 무겁게 들리나 보다.

우리가 사는 인생도 그렇다. 다 지나가는 일이라고 하지만 겪을 땐 힘들다. 어떤 일이든 시간이 지나 그때를 돌아보면 수월하게 느껴진다. 인간은 적당히 망각하는 존재이고 거리 조절이 되기 때문이 아닐까 싶다. 숨이 턱턱 막힐 정도로 답답하고 미칠 듯이 화가 나도 한숨 자고 나면 좀 개운해지는 것처럼 말이다.

레바논의 동명부대 숙소는 컨테이너로 지어진 곳이라 잘 때 비가 오면 천장에서 큰 굉음이 들렸다. 파병을 다녀온 지 1년이 되지 않아서 아직 여운이 맴돈다. 레바논에 8개월을 있었는데 어느새 그만큼 시간이 흘렀다.

파병을 떠날 때 큰 박스 2개에 짐을 챙겼다. 하나에는 옷가지와 소지품, 다른 하나에는 라면을 가득 넣었다. 평소 좋아하는 봉지 라면과 컵 라면을 적절하게 섞었다. 컵라면은 그대로 넣으면 부피를 많이 차지해서 컵은 컵대로 모아서 쌓고 면과 스프는 따로 넣었다. 라면 박스를 보니 파병을 가는 마음이 외로움, 쓸쓸함, 두려움 대신 라면 부자의 풍성함으로 느껴졌다.

먹는 것, 입는 것, 자는 것, 의식주가 열악했던 파병 생활도 마치고 나니 좋은 추억뿐이다. 모든 것이 부족하고 열악한 환경에서 일상의 소소한 기쁨이 생의 감사로 이어졌다.

동명부대 약 300명 중에 여군은 10~20퍼센트 정도였다. 계급과 직위는 다 달랐지만 서로 격려하고 위로했다. 힘이 되는 관계였다. 여군의 계급은 대위와 소령, 부사관이 있었고 수송과 운전 임무를 비롯해 간호장교까지 다양했다.

대학에 늦게 들어가고 휴학을 했다. 임관이 또래보다 늦어서 나이가 같아도 여군 중에서 계급이 제일 낮았다.

부대원들이 가장 좋아하고 고맙게 생각하는 용사들은 조리 병사였다. 함께 파병을 온 본부중대 조리 병사들은 제한된 식재료로 매일 맛있는 식사를 제공했다.

예전에는 주먹구구식으로 보직이 배정되었다. 요즘은 조리학과 전공생이나 졸업생, 요리에 특기가 있는 용사가 요리를 맡아서 음식 솜씨가 뛰어나다. 현지에서 구한 식자재로 한식의 맛을 잘 살려냈다.

국방부에서 레바논으로 식자재를 보냈다. 레바논 안에서 구할 수 있는 식자재에는 한계가 있었다. 고기와 야채는 있지만 한식 양념을 만들 재료가 없었다. 제육볶음 양념과 김치 등이 왔다. 배로 몇 주를 오다 보니 김치는 쉬어서 포장을 뜯지 않아도 시큼한 냄새가 진동을 했다.

신선도가 유지되지 않은 상태로 와서 순간 맛이 있을까 없을까, 먹을 수 있을까 없을까 박스를 뜯으면서 궁금했지만 국가의 정을 느꼈다. 사람 사는 모습은 어디든 똑같다. 마음이 전해지면 소소하고 확실한 행복감이 생긴다.

인스타 팔로워로 연결된 덕분에 생일이 알려져서 축하를 받았다. 어디서 공수를 해왔는지 조리병이 끓여준 미역국 맛은 일품이었다. 한국어 교관으로서 현지인들에게 한글을 가르치면서 알게 된 레바논 이들에게도 생일 축하를 받았다.

현지인들은 주로 아랍어를 썼지만 영어로도 소통이 가능했다. 아랍어를 좀 배워서 한국어 수업 시간에 아랍어로 설명을 했다. 정확히 전달해야 하는 부분은 아랍어로 말하니 학생들의 이해도

귀국 전 단체 사진

레바논 아이와 하이파이브

가 높아졌다. 언어는 사람과 사람 사이를 잇는 신비한 매개체다.

프랑스의 식민지였던 레바논은 프랑스의 영향이 많이 남아 있다. 그래서인지 빵이 정말 맛있었고 디저트가 발달한 나라다. 시간이 지나도 생각나는 맛이다. 중동 지역 특유의 향이 났지만 먹다 보니 적응이 되었다. 함께 파병을 다녀온 이들과 만나면 레바논 빵 이야기를 하며 추억을 소환한다.

빵을 먹고 싶을 때 부대를 이탈할 수 없어서 자유롭게 사 먹을 순 없었다. 부대 안에 레바논 현지인 직원들이 있어서 출근길에 사달라고 돈을 주고 부탁했다. 눈치를 보며 부탁을 해도 빵을 먹고 싶은 사람이 많아서 대기 순서가 있었다. 그땐 빵을 먹기 위해 기다리는 시간이 힘들었는데 지나고 나니 재밌다.

한 달에 한두 번 임무 수행을 위해 외부로 나갈 때 동선이 맞으면 빵을 살 수 있었다. 아무때나 먹고 싶을 때 걸어 나가서 사먹는 맛과는 비교가 안 된다.

한국에서 가져간 라면을 먹고 레바논 빵을 먹으면 세상을 다 가진 만족감이 차올랐다. 맛에서 얻는 힘과 위로는 세상 어디서나 기쁨의 에너지가 된다.

솔직하게
부족함을 인정하기

✳

통역장교가 입으로만 편하게 일한다고 생
각한다면 착각이다. 눈에 보이는 육체적 훈련은 시작과 끝이 분
명하다. 마치면 편히 쉴 수 있는데 통역은 그렇지 않다. 스무 살부
터 동시통역을 해서 처음엔 자신만만했지만 군사 통역은 예전의
통역 경력으로 호기롭게 할 수 있는 일이 아니었다. 막중한 책임
이 따르는 자리였다.

동명부대 단장님의 전담 통역자로서 다른 나라의 지휘관들과
의 회의와 작전을 통역하는 게 주된 임무였다. 관광공사에서 관
광객을 대상으로 하던 회화 통역과 운동선수 때 하던 팀 통역과
는 차원이 달랐다.

군사 용어를 어느 정도 안다고 생각했는데 파병 현장에서 통

역을 하니 모르는 용어가 많았다. 단장님과 지휘관들이 약어로 줄여서 말할 땐 전체 뜻을 알아내는 데 시간이 걸렸다. 초반에는 당황해서 대충 얼버무리면서 넘겼다.

'내가 영어를 이렇게 못했었나?' 영어에 대한 자신감이 자괴감으로 변했다. 감정에 빠질 일이 아니라는 현실 자각을 한 후에 적극적인 태도로 바꾸었다.

"죄송합니다. 천천히 한 번 더 말씀해 주십시오."

동시통역이 어려운 부분은 솔직하게 다시 말해달라고 양해를 구했다. 반복해도 들리지 않으면 종이에 영어로 써달라고 했다. 모르는 걸 부끄럽게 여겨서 잘못 전달하면 군사외교에 치명적인 결과를 일으키고 국가 간의 관계가 풍비박산 날 수도 있었다.

개인 간에도 소통에 오해가 생기면 관계가 틀어지는데 파병을 온 군사 책임자 간의 대화는 중대 사안이었다. 각국의 외교와 국방의 걸린 일이라 한마디가 중요했다. 대외적으로 기밀 사항을 논의할 때도 많았다. 말하는 사람의 의도를 오역하면 착오가 생겨 작전 실패로 이어진다. 통역을 하면서도 부담이 컸다. 잠시라도 긴장을 풀지 않고 집중해서 임했다.

정확한 통역은 기본이고 말투에 담긴 의미까지 전해야 하는 민감한 부분도 있다. 단어 하나, 뉘앙스 차이로 서로 감정이 상할 수도 있어서 각별한 주의가 필요했다. 양측의 입장을 전하는 군사 통역은 고급 인력인 셈이다. 통역 경력자로 선발이 된 줄 알았는데 현지에 오니 신입으로 입문하는 자리였다.

레바논으로 파병을 온 나라는 대한민국뿐이 아니다. 스페인, 프랑스, 인도네시아, 중국, 말레이시아, 가나 등 세계 각국에서 파병을 왔다. 각국의 영어 엑센트와 억양에 익숙해지는 일도 적응이 필요했다.

처음 한두 달은 틈틈이 주어진 휴식 시간과 일과가 끝난 개인 활동 시간에 군사 영어 공부를 집중적으로 공부했다.

상급부대에 연락을 해서 공통으로 사용하는 군사 용어집을 구해달라고 했다. 군사 용어집을 받아서 공부를 시작했다. 다른 파병부대의 통역장교들을 만나서 지식을 나누고 서로 이해하는 자리를 주선했다. 각국의 군대 용어와 다른 군 문화 등에 대해서 배우는 기회가 되었다. 매일 전화와 대면 통역, 이메일 및 공문 번역과 브리핑까지 영어를 심도 있게 연구했다.

3개월 차에 접어드니 차츰차츰 적응되면서 여러 영어권 국가의 발음이 구분되어 들리기 시작했다. 통역 난이도가 높아져도 대처할 수 있었다. 진지한 맥락으로 강조할 때와 유머와 재치를 표현할 때 등 상황에 맞춘 전달이 가능했다.

단장님이 감정이 복받쳐서 언어 선택이 격해지면 분위기가 어색해졌다. 이건 좀 아닌 것 같은데 하는 주관적인 판단이 들어도 내용을 빼지는 않았다. 거친 표현은 배제하고 의도에 맞게 영어로 순화해서 통역을 했다.

나중에 알고 보니 단장님도 영어를 할 줄 아는 분이었다. 맡은 임무에 집중하고 원활한 소통을 위해서 통역장교를 선발한 것이다. 단장님은 국방부에서도 일을 했고 파병 경험이 세 번째인데 그동안 만났던 통역장교 중에 내가 제일 잘한다고 칭찬을 했다.

파병 기간 끝날 즈음에 말이다. 내 멋대로 과하게 살을 붙이거나 자의적으로 말을 빼지 않으면서 의미 전달을 잘한다고 했다. 보직의 전문성을 인정받으니 뿌듯했다.

부족한 점을 먼저 말하는 용기가 있었기에 가능한 일이었다. 사람은 누구나 부족하다. 숨기면 자격지심, 솔직히 말하면 성장의 기회가 된다. 있는 그대로 자신을 표현해야 도와주는 사람이 생긴다. 단, 부족한 부분을 채우려고 노력하는 사람에게 말이다.

도움을 주고받는
관계의 지혜

*

　　조직이나 일상에서 연장자와의 관계를 어
려워하는 사람들이 많다. 세대 차이와 문화 차이로 소통이 어렵
고 서로 이해가 안 된다는 선입견이 있어서다.

　사람 대 사람으로 진심으로 대하면 또래보다 편한 사이가 될
수도 있다. 갈등 대신 배움과 유익함을 얻는다. 생각의 장막을 걷
어 내면 좋은 일이 생긴다.

　각국의 부대장과 지휘관들을 통역했다. 20년 이상 군 생활을 한
분들과 2년 군 생활을 한 중위 계급인 내가 함께 일을 했다. 야전
에서는 쉽게 뵙지 못할 분들이다. 아니 눈도 마주치지 못했을 높
은 계급의 상급자다.

　통역장교로서 임무를 잘 수행할 수 있는 방법을 곰곰이 생각했

다. 통역을 할 때만 단장님을 대하니 말의 맥락을 파악하는 데 어려움이 있었다. 대령 계급을 의식하니 긴장되고 떨렸다. 두려움과 부담감을 느꼈다. 이 어려움을 해결할 방법을 찾았다.

예의는 지키되 친밀도를 쌓으면 맥락에 맞는 통역을 편하고 정확하게 할 수 있을 것 같았다. 용기를 내서 단장님을 찾아가 대화를 나누고 함께 운동도 했다.

다른 나라 파병부대 단장님들과의 보다 원활한 소통과 교류를 위해 각 나라의 정세와 문화적인 특성을 미팅이 있는 날 전에 미리 공부해서 공통 화제를 준비해 갔다. 우리나라에 대해 궁금한 점을 질문하는 단장님도 있었다. 남는 시간에 틈틈이 문화 교류를 하고 자주 소통하니 통역의 질이 높아지고 동명부대가 군사 외교를 하는 데 큰 도움이 됐다.

동명부대 단장님은 그동안 만났던 통역장교들은 통역 시간에만 일을 했다고 각국 단장님을 만나 노력하는 모습을 높이 평가해 주었다. 업무의 연장인 일을 자발적으로 진정성 있게 했다는 것이다. 칭찬을 받고 잘 보이려고 한 일이 아니었다.

스물아홉, 20대의 마지막 해를 헛되이 보내지 않고 나라를 위해 쓰임 받아서 감사했다.

단장님들 통역 외에 다른 임무도 있었다. 우리 군이 다른 나라 군과 소통하고 작전을 수행할 때 통역과 문서 번역 일을 했다. 외교관과 대사를 만나 군사 외교에 관여된 문서의 초안을 직접 작성하는 일도 맡았다.

영어를 못하는 동명부대 부대원을 모아서 일주일에 한 번 영어를 가르쳤다. 부대원들의 각 병과와 직책, 맡은 임무에서 쓸 수 있는 표현과 영어 단어들을 준비해서 알려주었다. 현지에서 바로 쓸 수 있는 표현들을 가르치니 반응이 좋았다.

수업이 없는 날에는 하루에 하나씩 쉽게 쓸 수 있는 표현을 단체 채팅방에 올려서 매일 영어를 접하고 익힐 수 있는 환경을 만들었다. 부대원들은 열정적으로 수업에 참여하였고 모르는 것이 있을 때마다 연락을 해서 질문했다.

먼저 영어로 인사하고 대화를 시도했다. 부대원들이 나에게 배운 영어 표현을 실제 임무 수행에 써서 외국군과 소통했다는 말을 들으니 보람이 컸다. 영어로 의사소통을 하는 데 도움이 되었다는 인사를 받았다.

사람의 관계는 도움을 줄 때와 도움을 받을 때 돈독해진다. 서로의 존재감이 드러나고 시간이 흘러도 관계를 유지하는 힘이 된다. 누군가에게 도움을 받을 때는 힘을 얻는다. 도움을 줄 때는 알 수 없는 기쁨이 생긴다.

파병지에서 만난
인생 멘토

✳

부모님을 제외하고는 따로 멘토가 없었다.
군대 생활을 하면서 처음으로 가족을 제외한 첫 멘토가 생겼다.
파병 기간에 모신 부대장님이었다.

단장님은 나를 한 명의 초급 장교가 아닌 부대에서 함께 일을
하는 동료로 대해 주었다. 통역뿐 아니라 부대 운영과 주둔한 지
역에 대한 정보를 공유하고 알려주었다. 외부 일정으로 외출을
할 땐 안부를 묻고 잘 다녀오라고 먼저 인사를 했다.

군 생활을 짧게 하다가 파병을 간 상황이었는데 잘 모르는 군
사 용어를 가르쳐 주고 유용한 참고 서적을 추천해 주었다. 통역
내용에 대한 피드백을 매일 구체적으로 받았다.

관심이 많은 UN 상급부대의 업무를 단장님을 통해 배웠다.

자유 시간에 농구 연습

협업할 수 있는 다양한 기회까지 제공해 주었다.

단장님은 누구보다 군인정신이 투철한 분이었다. 파병 특성상 생활 여건과 근무 여건이 좋지 않았는데 항상 늦게까지 사무실에 남아서 일을 했다.

나를 포함한 모든 실무자들이 조금이라도 편할 수 있게 부대가 직면한 여러 문제에 대한 안건과 토의 자료를 미리 준비해서 나눠 주었다.

다른 파병부대와 상급부대와의 미팅, 여러 임무 상황에서 누구보다 우리 군의 입장을 명확히 전달했다. 군사 외교적으로 교류하고 협조 가능하게 적극적으로 노력하는 분이었다.

주말에도 조용히 나오셔서 주둔하고 있는 부대원들에게 필요한 사항을 먼저 묻고 상급부대에 이메일을 보내어 소통했다. 모든 파병 식구들을 위해 뒤에서 묵묵히 애쓰는 분이었다.

부대 식당에 밥이 부족한 날은 밥을 먹지 않고 사무실로 돌아가 점심을 굶기도 했고 혹시나 이후에 못 먹은 인원들이 있을까 외부에서 음식을 사서 식당에 몰래 준비해 놓았다.

모르고 지나치기 쉬운 부대 내 현지 고용인의 생일까지 직접 말 없이 챙기고 주둔지에 갇혀 외로움과 지루함을 느끼는 인원들을 위해 강아지를 데리고 와서 재밌는 시간을 보내주었다.

문제가 발생하기 전에 평소에 관심을 갖고 살피는 단장님의 태도를 배우고 싶었다. 문제가 애초에 커지지 않게 주의하는 노력을 늘 기울였다. 살뜰하고 세심한 배려가 뒷받침된 리더십 단장님의 모습에서 볼 수 있었다.

소대장 시절 용사들을 관리하고 교육할 때 가장 중요하게 여기고 지키려고 했던 점은 문제를 즉시 해결하는 것이었다. 나와 같이 있는 순간에만 도움이 필요한 상황이 생기는 건 아니라서 일상에서 소통하고 살피려고 노력했다.

파병을 와서 단장님의 리더십을 경험하니 용사들이 생각났다. 단장님을 좀 더 일찍 만났더라면 좋은 소대장의 역할을 할 수 있었을 텐데 하는 아쉬움이 남았다. 앞으로 몸소 실천하는 리더가 되어야겠다고 다짐했다.

파병지에서 좋은 분을 만났다. 직접 모시고 도움이 되는 역할을 할 수 있어서 기뻤다.

함께 하는 동안 고맙고 헤어질 때 아쉬움이 드는 리더를 만난 건 축복이다. 나 역시 그런 상급자가 되어야겠다는 꿈이 생긴 순간이었다.

여군으로 만난
인생 친구들

＊

인생 멘토 뿐만이 아니라 인생 친구처럼 편
안한 이들을 파병지에서 만났다. 나이는 모두 같지 않았다.

인간관계에서 소극적이고 낮을 많이 가리는 편이다. 다가오는
사람에게 마음을 여는 것도, 먼저 다가가는 것도 쉽지 않다. 처음
부터 파병지에서 관계는 포기하고 맡은 임무에만 집중하기로 마
음을 먹었는데 구겨진 휴지처럼 움츠려든 나를 따뜻한 물처럼
다가와 품어준 사람들을 만났다.

이정연 선배, 전예린 선배, 윤성현 선배, 이보림 선배다. 공병중대
장, 정보분석장교, 대테러정보장교, 간호장교로 다른 직책을 수행
했기에 연결고리가 없었고 상급자라 친해질 생각을 안 했다.

매일 혼자 일하고 밥 먹는 모습이 안쓰러워 보였는지 내가 있

는 사무실로 자주 놀러왔다. 밥을 같이 먹자고 하면서 말을 걸고 별로 좋아하지 않는 커피를 같이 마시자고 했다. 퇴근은 언제 하는지 어떻게 지내는지 엄마처럼 궁금해했다. 순수하게 '나'라는 사람을 좋아해줬다.

하루가 웃음으로 가득차기 시작했다. 시간이 지나니 내가 먼저 보고 싶어서 이유 없이 찾아갔다.

왜 그럴까 곰곰이 생각해 보니 있는 그대로 나를 받아들여 주었다. 솔직히 살면서 이런 감정을 주변 사람들에게 느껴본 적이 거의 없었다. 혼자가 편해서였는지 내면적인 성향 때문인지 누군가 다가오면 부담스러웠고 피하고 싶었다.

관계에서 소극적인 이유를 생각해 보니 나에게 무엇을 원하거나 배우기 원하는 사람들이 많아서였다. 앞에서는 친한 척하고 뒤에서는 험담을 하는 사람도 의외로 많았다.

머나먼 땅 레바논에서 사람으로 받은 상처를 사람으로 치유 받았다. 파병지에서 가장 행복한 추억은 이들과 함께 생활관에 모여 현지 재료로 월남 쌈을 만들어 먹은 순간이다.

파병은 나라를 위해서 얼마나 희생할 수 있는지 시험해 보는 좋은 기회였다. 있는 모습 그대로 편하게 만날 수 있는 이들을 만난 복도 함께 받았다.

인생 친구들

상은 앞으로
더 잘하라는 뜻

✳

상급부대 유니필은 동명부대를 포함한 레바논에 평화유지군으로 파병을 온 각국 부대들에서 소수 인원을 선발했다. 선발된 인원은 그 부대의 대표 젠더 교관을 양성하는 프로그램을 운영했다.

이틀 동안 젠더 교육을 수료하고 우리 부대의 젠더 교관으로 뽑혔다. 부대 내 젠더 인권 향상을 위한 교육과 레바논 현지 여성들에게 캠페인과 강의를 진행했다.

각 부대의 교관들이 모여 레바논 내 젠더 의식 함양을 위한 방안을 브리핑하는 자리가 있었다. 한 명의 여성이자 여군으로 직면한 현실 상황과 문제, 다양한 직책으로 활동한 경험을 살려 인권 교육 아이디어를 제시했다.

가장 높은 발표 점수를 얻어 유엔 본사에서 내려온 젠더 담당자 앞에서 브리핑을 했다. 여군으로서 임무 수행을 하면서 겪은 일들을 이야기 하고 미래 지향적인 여군 상을 제시했다.

파병 기간 동안 상을 받았다. 첫 번째는 유니필 서부여단장 즉, 외국 장관의 관할 부대 내 1명에게만 선사하는 베스트 솔저best soldier 상이었고 한국군 최초였다. 통역장교, 한국어교관, 태권도 시범단, 영어지도자, 젠더 인권 교관 등 여러 직책을 수행했다.

특히 레바논 여성들에게 인권 의식을 함양하고 필요한 지식과 기회를 제공한 유공을 인정받았다. 동명부대 최초 여군으로서 외국군 감사장을 받았다. 두 번째는 유니필 내 작전지원부의 행사에서 통역 유공으로 유니필 개인감사장을 받았다. 세 번째는 부대 단장님에게 파병 기간 동안 통역 업무 지원 및 민군 작전 지원 유공에 대한 표창을 받았다. 마지막으로 파병부대 내의 중위로는 최초로 국방부장관 해외 파병 유공 표창을 받았다.

상은 앞으로 더 잘하라는 의미로 받았다. 상을 받은 뿌듯함과 자부심은 스쳐지나갔고 그에 맞는 사명감과 책임감을 느꼈다. 상은 끝이 아니라 또 다른 시작이다.

튀르키예 기부금 전달식 통역

가스라이팅과
맞서 싸우기

✳

직장인들은 회사를 다니다가 휴직이나 이직을 할 수 있지만 직업 군인은 그렇지 않다. 영리 추구가 목적이 아니라 자신에게 맞는 일인지 신중하게 생각해야 한다.

학군생 후보 시절부터 여군이 되어서 이해하기 힘든 일을 수없이 겪었지만 마음을 꿋꿋이 다잡았다.

직업 군인은 나라를 사랑하는 마음, 애국심으로 입대한다. 군인이 되기로 자발적인 선택을 한 상급자들은 인품이 좋고 배울 점이 많다. 본받고 싶은 역할 모델이 되는 군인들이다.

어느 집단이든 명예를 실추시키는 소수의 몇몇 사람이 있을 뿐이다. 지나가는 말로 여군에 대해 가볍게 말하는 동료들과 미스코리아 이력으로 성희롱을 일삼는 상급자들이 있었다. 여군이라는 편견을 갖고 길들이려는 지휘와 지시도 있었다.

스킨십을 시도하려는 상급자들에게 단호하게 말했다.

"불필요한 터치는 하지 마십시오. 곤란한 상황에 처하실 수 있습니다."

성격상 부당한 상황에서 의사 표현을 명확히 했다. 당당히 의견을 말하고 잘못된 부분은 정정했다. 직면하기 싫은 상황 속에서 숨고 도망가면 얻는 게 없다. 현실은 변하지 않는다.

혼자 힘들어 하면 아무도 모른다. '네가 처신을 잘못해서 그런 거야'라고 세뇌를 당한다. 가스라이팅이다.

어떤 조직이든 불합리한 일은 발생하기 마련이다. 피해를 당하지 않으면 좋겠지만 이미 당했다면 초기 대응을 확실하게 해야 한다. 그렇지 않으면 고통이 더 커진다.

나를 보호하고 지키기 위해 현실에 맞섰다. 그 순간의 선택은 나만을 지키기 위한 것이 아니다. 후임자, 후배 장교들 그리고 미래 임관할 후보생들을 위해서다. 지금 당장은 아니더라도 미래의 부대 환경을 바꾸는 데 분명히 영향을 줄 것이라고 생각했다. 먼저 문제에 정확히 맞서는 태도가 필요했다.

잘못된 선은 내 바운더리 안에서 끊어내려고 노력했다. 언젠가 없어져야 할 부당함이라면 조금 더 빨리 끊고 싶었다.

화생방 훈련의
1분 고통

✳

군 생활을 해보지 않은 이들도 화생방 훈련은 안다. 밀폐된 공간에서 매캐한 연기를 참는 것으로 알려져 있다. 소대장이 되기 전 교육 기간에 화생방 훈련을 받았다.

화생방복과 방독면을 쓰고 들어가는데 교관이 방독면을 벗고 들어가서 체험할 수 있는 인원이 있냐고 물었다. 용기였는지 객기였는지 마스크를 벗고 들어가겠다고 했다.

여군 중에는 혼자 자진해서 방독면을 벗고 들어갔다. 용사들을 교육할 때 방독면을 벗고 들어간 경험을 생생하게 전해주고 싶었다.

양쪽으로 남군 동기들의 손을 꼭 잡고 가스실에 들어갔다. 손을 잡고 들어가는 이유는 중간에 못 나가게 하기 위해서다. 끝까지 함께 견뎌야 한다. 가운데서 양 옆으로 남군들의 손을 잡고 들어갔다.

가스실에 들어가자마자 뛰쳐나가고 싶었지만 "쟤는 여군이라 저래" 이런 말을 듣기 싫어서 버텼다. 마스크를 썼다면 연기가 새어 들어오는 느낌이었을 것 같은데 마스크 없이 들어가니 유독 가스가 눈, 코, 입으로 바로 들어가서 정말 아팠다.

숨이 막혀서 죽을 것 같았다. 눈물 콧물이 계속 흘렀다. 우리 몸이 눈물, 콧물, 침을 그렇게 쉴 새 없이 흘려보낼 수 있다는 사실이 놀라웠다. 눈물이 안에서 나오는 게 아니라 0.0001초마다 눈 옆에서 실시간으로 바글바글 흐르는 것 같았다.

얼굴이 새빨갛게 달아올랐다. 손으로 절대 비비지 말라고 했는데 나도 모르게 비벼서 더 따가웠다. 그 와중에 남군 한 명이 나가려고 해서 있는 힘껏 손을 잡아당겨 막았다.

갑자기 추가 임무가 주어졌다. 다함께 군가를 완창해야 나갈 수 있다고 했다. 입을 벌리는 순간 극심한 고통이 느껴졌다. 신속하게 임무를 완수해야 가스실에서 빨리 나갈 수 있었다.

군가 '전우'를 선창했다. 목소리가 작다는 교관의 말에 옆에 있는 동기들에게 크게 부르라고 소리쳤다. 빠르게 군가를 끝까지 불렀다.

동기들의 등을 밀어서 모두 다 나가게 한 뒤 마지막으로 가스실에서 나왔다. 정말 무슨 마음이었을까. 그 와중에도 가장 먼저 가스실에서 나가는 건 여군이라는 선입견에 불을 붙이는 일이라고 생각했다. 제일 끝에 나가서 가스를 많이 마셨다.

가스실에서 나가자마자 쓰러졌다. 누군가 내 얼굴에 물을 뿌리기 시작했다. 눈을 뜨지 못한 채 동기인 줄 알고 "더 부어!"라고 소리쳤다. 눈을 떠서 보니 훈련을 참관하러 온 학교장님이었다. 순간 아직 임관도 하지 않았는데 군 생활은 어쩌나 하는 걱정이 들었다. 바로 경례한 후 죄송하다고 했다.

"방독면도 없이 가스실에 들어갔다고 해서 누가 마지막으로 나오나 지켜보고 있었는데 여군이 마지막으로 나오는 건 처음 본다. 대단하다. 세수를 잘해야겠다."

얼굴을 보니 가관이었다. 군 생활 3년 중에 가장 보기 흉한 얼굴이었다. 눈부터 턱까지 콧물 자국이 말라 있었고 얼굴은 살색을 찾아보기 힘들 만큼 온통 빨갛게 달아올랐다.

지금은 사진을 보며 웃지만 그때 1분은 모든 고통이 응축된 힘든 순간이었다.

군인이 지켜야 할
위수지역

✳

위수지역은 군인이 이동 가능한 범위를 말한다. 휴가를 가지 않는 한 지켜야 한다. 긴급 상황 발생시 2시간 내에 부대로 복귀해야 하기 때문에 군에서는 위수지역을 정해 놓았다. 군인이라면 지켜야 할 사항이라 어기면 징계를 받는다. 휴가 중인 군인에게는 적용되지 않는다.

부대가 강원도에 있을 때는 위수지역이 동해부터 춘천 정도까지였다. 특전사 부대는 인천에 있었지만 위수지역 상 서울까지 올 수 없었다. 인천이 서울과 가까워 보이지만 차가 많이 밀리면 2시간 내에 복귀할 수 없는 상황이다.

직업 군인이었기에 휴가를 내지 않는 한 퇴근 후나 주말에도 위수지역 내에서 생활했다. 꼭 만나야 할 사람은 양해를 구하고 이동 가능한 지역 내에서 만났다. 당연히 지켜야 할 군율이어서 불편과 불만을 느끼지 않고 생활했다. 나를 만나기 위해 먼 곳까지 오는 가족과 친구, 지인들이 고마웠다.

위수지역의 제한을 받는 상황이 군인 신분을 잊지 않게 해주었다. 군인은 언제든 긴급 상황, 비상 상황이 생길 수 있다는 가능성을 고려하고 산다. 편히 쉬는 동안에도 마음 한구석에는 잠시 후에 부대로 복귀할 수도 있다는 생각이 들었다.

전역을 한 지 채 1년도 되지 않아서인지 위수지역이 떠오를 때가 있다. 군복을 입은 청년들을 보면 어느 부대 어떤 병과 소속인지 묻고 싶다. 군대에서의 아련한 추억이 떠오른다. 다치거나 아프지 않고 건강하게 군 생활을 잘 마치기를 바라는 마음이 든다.

보이지 않는 부대 내 고충이나 힘든 점은 없는지 걱정되고 궁금하다. 소대장을 해서 그런지, 파병 간 중대 인원들을 이끌어서 그런지 용사들을 마주칠 때마다 먼저 말을 걸고 싶다.

어디서 이런 오지랖이 생기는 것인지. ISFP가 유일하게 ESFP로 바뀌는 순간이다. 결국 직접 말을 걸진 못하고 머릿속 시뮬레이션만 그리다가 끝나고 만다.

PART 4

순간의 후회는 해도
선택의 후회는 없다

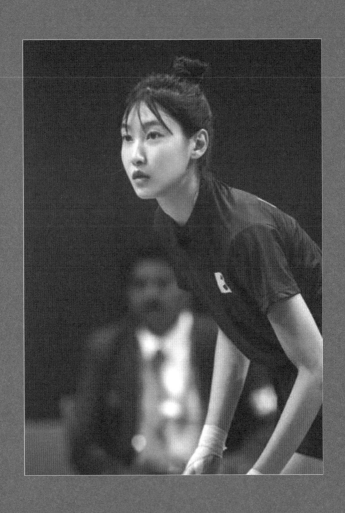

항저우 아시안게임 태국 전

오늘 안 하면
10년 후에도 못 한다

*

초등학교 6학년 때 육상 허들 선수를 하면서 깨달은 인생 진리가 있다. 오늘 하지 못한 일은 내일도, 10년 후에도 못할 수 있다는 것이다.

오늘 훈련에서 스타트가 미흡했다면 그날 자기 전까지 적정 수준으로 끌어 올려야 했다. 힘드니까 오늘은 쉬어야지 하고 미루면 내일은 점프 훈련이 기다리고 있었다. 새롭게 배운 점프 기술을 배우고 습득하다 보면 어제 못 끝낸 스타트 연습을 할 수 없었다.

운동만이 아니다. 세상만사가 똑같다. 오늘 할 일을 내일로 미루면 하기 힘들다. 한 치 앞도 모르는 유한한 인간이기에 시간 앞에 겸손해야 한다.

필요를 느꼈을 때 채우는 행동을 하면 된다. 몇 번 하다 보면 미루지 않고 실행하는 습관이 생긴다. 오늘 미루는 사람은 내일도, 내년에도 미룬다. 지금 바로 하는 사람과 미루는 사람 둘로 나뉘는 이유다.

공부는 평소에 실력을 쌓아서 시험 점수로 평가된다. 아는지 모르는지는 시험을 봐야 정확히 알 수 있다. 운동선수가 하는 훈련은 결과가 바로 나오는 편이다. 운동은 기록과 동작 등으로 방금 전과 후, 어제와 오늘의 차이를 즉시 알 수 있다.

개인 연습 시간을 늘려서 부족한 부분을 훈련하면 좋아지는 게 확실히 느껴졌다. 언제 기대치만큼 운동 기량이 올라가느냐의 문제지 연습 양을 늘리면 지금보다 실력이 나아졌다. 어렸을 때 체험한 연습의 인과법칙은 다른 일을 할 때도 영향을 주었다.

오늘 할 일을 내일로 미루면 다음 주에, 내년에, 나중에는 결국 기약 없는 기다림으로 남는다. 기억 속에서 사라지는 주문이 되고 만다. 가능하다면 지금 시작하는 게 좋다.

당장 목표를 이루지는 못하더라도 시간의 흐름 속에서 사라지지 않도록 즉시 하는 게 가장 좋다. 단기간에 그 일을 완성을 시키지 않아도 되지만 목표에 대한 시발점은 지금 찍어야 한다.

비인기 종목이어도
내가 선택해서 좋다

✳

 카바디는 비인기 종목이다. 인기 종목에 비하면 열악하고 척박한 환경에서 운동을 했다. 사람들이 카바디 종목을 모르고 후원이 없고 수당이 적어도 괜찮았다. 내가 원하고 좋아하는 운동을 할 수 있었으니까.

 공식적인 전용 훈련장이 없는 점이 가장 힘들고 서러웠다. 진천 선수촌에도 훈련장이 없었지만 협회가 있는 부산에도 정식으로 카바디 종목을 훈련할 수 있는 장소는 없었다.

 카바디 연습을 하려면 학교 체육관을 빌리거나 태권도 매트를 설치할 수 있는 공간을 대여해 훈련을 했다. 어떤 날은 지하 오피스텔 방을 빌려 훈련을 하기도 했다. '훈련장만 있으면 좋겠다'라는 생각을 떨쳐 버릴 수가 없었다.

정식 훈련장이 아니기에 매번 훈련 시작 전 매트를 깔고 훈련이 끝나면 매트를 치웠다. 매트를 폈다 접었다 하는 시간이 항상 20분 이상은 걸렸다.

하루 20분씩 일주일, 한 달이면 매우 긴 시간이다. 선수로서 연습을 해서 기량을 높이기도 시간이 모자란데 훈련 전후 세팅하는 일에 시간을 소모하는 게 안타까웠다.

장소를 빌린 시간이 남았는데도 갑자기 관계자 분들이 와서 눈치를 봐야 하는 상황도 많았다. 그럴 때마다 현실을 불평하고 부정해봤자 득이 될 게 없었다. '하루 빨리 더 좋은 성적을 내고 메달을 따서 카바디를 알리자' 라는 마음으로 훈련에 더 집중했다. 이 순간의 노력이 미래 후배들이 더 나은 환경에서 훈련하는 데 도움을 주겠지 하는 소망을 갖고 말이다.

최근에 소규모 카바디 훈련장이 생겼다는 소식을 듣고 기뻤다. 후배들은 매트를 들었다 놓았다 하는 이동과 세팅, 정리 작업을 하지 않고 훈련만 하면 된다.

인기 종목 선수들은 상상도 못할 일이라 다른 세상 이야기처럼 들릴 것이다. 그렇다고 인기 종목 선수를 부러워하거나 시기하고 질투하는 마음을 갖은 적은 없다. 이름도 모르는 종목을 왜 시작해서 고생을 하냐는 말을 많이 들었고 인기 종목으로 바꾸라는 권유도 있었다.

전용 훈련장이 없고 아무도 몰라주고 훈련이 힘들어서 순간의 후회를 한 적은 있다. 혼자 울기도 했지만 카바디 종목을 선택해서 드는 후회나 눈물은 아니었다. 선택의 결과에 힘든 점이 있다면 그 역시 내가 감당해야 할 몫이다.

남들에겐 무모하고 어리석게 보일 수 있지만 모든 결정과 판단, 책임은 오롯이 내 몫이다. 가족이나 주변 사람의 몫이 아니다. 결과를 온전히 감수하고 감내할 사람에게 선택의 권리와 의무가 주어진다.

앞뒤를 재면서 주저하고 망설이고 싶지 않았다. 눈에 보이는 편안함으로 종목을 바꿀 생각은 한 번도 하지 않았다. 어떤 부분은 포기해야 했지만 두렵지 않았다. 상황과 타인의 뜻에 떠밀려 선택을 하면 결과에 대한 핑계가 생긴다. 삶의 안도감이 늘 결정의 1순위가 되어 버린다.

카바디를 선택한 것은 내 인생의 행복과 니즈에 충실한 도전이었다. 태극마크를 달고 내가 원하고 잘하는 운동을 할 수 있다는 것만으로도 가슴 벅찬 경험이자 축복이었다. 이 행운을 누릴 수 있다면 순간적인 후회는 얼마든지 감내할 수 있다.

군대를 전역하고
아시안게임에 출전하다

＊

　　　　　　군 생활 내내 카바디 선수로 다시 뛰고 싶은 마음이 수그러들지 않았다. 개인 운동을 하고 특전사 부대원들과 함께 훈련하며 체력 단련을 했다. 단체 훈련을 못하는 상황이라 주말에 한 번씩 부산으로 내려가 국가대표 선수들과 손발을 맞추는 방식으로 운동했다. 현역 군인 신분으로는 국가대표에 소속될 수 없었다.

　2018 자카르타 팔렘방 아시안게임에서 아쉽게 메달을 놓친 게 내내 마음에 남았다. 동메달 결정전에서 득실 차로 5위로 경기를 마무리하였다. 카바디 국가대표 선수로서 정식 종목으로 채택된 아시안 경기에서 메달을 따는 목표를 이루고 싶었다.

　다른 국내 선수권 대회, 아시아 선수권 대회, 국제 대회 등 모든 대회에서는 금메달을 딴 경험이 있었다. 아시안게임에서만 메달을 따지 못한 아쉬움이 컸다. 내면의 결핍이 군 생활 내내 나를 괴롭힐 것을 알고 있었다.

그때쯤 2022년 항저우 아시안게임이 1년 연기되어 2023년도에 개최된다는 소식을 들었다. 중위 2년차 장기복무 지원 시기였다. 군인으로서의 장기적인 목표와 지휘관으로서의 꿈이 있었기에 깊이 생각하고 고민했다.

중위 계급에서는 쌓기 힘든 군 경력들을 잘 쌓아왔다. 어학, 자격증, 상훈 등의 조건을 높은 수준으로 맞춰 놓은 상황이었다. 파병부대라는 특성상 복귀 후 새로운 자대에 배치될 때 원하는 부대로 배정될 확률이 높았다.

군 생활을 하는 모든 이들이 장기 복무를 지지했다. 장기 복무 후 진급해서 레바논 동명부대 최초의 여성 부대장으로 다시 오라는 격려의 말을 했다. 나 역시 군 생활을 계속 해서 국방무관으로 군사외교관 역할을 해보고 싶었다. 자연스럽게 장기 복무 지원을 생각하던 시점이었다.

항저우 아시안게임 연기 소식을 듣고 장기 복무 지원서를 쓰다가 지원서를 문서 세절기에 넣었다. 직업 군인 신분으로서는 아시안게임을 뛸 수 없었다. 아무리 찾아봐도 군인과 국가대표 선수는 겸직은 안 되었다. 휴직도 제한이 있었고 군 체육부대에 카바디는 없었다. 마음속으로 이미 아시안게임에 출전하기로 결정을 했다. 레바논 파병부대 안에서 카바디 신발을 찾느라 뒤적였던 걸 보면 말이다.

우리 나이로 서른이니 2023년 항저우 아시안게임이 마지막 도전이 될 수도 있었다. 4년 후에는 체력적인 면에서나 현실적으로 선수 생활이 힘들 것 같았다. 다음 기회는 없다는 생각에 전역을 하고 카바디 국가대표 선발전을 거쳐 대표팀에 합류했다.

전역이라는 배수진을 치고 대표팀 태극 마크를 달았다. 내가 사랑하는 군에는 재임용 제도가 있었다. 원한다면 아시안게임 이후 다시 중위로 임관하여 군 생활을 지속할 수 있어서 전역을 선택했다. 그래야만 재임용 지원 자격이 되고 예비군으로서 전시 상황을 대비해 지속적인 군 임무를 수행할 수 있었다.

다시 돌아오지 않을 순간에 후회 없이 최선을 다하자는 마음으로 전역을 택했다. 국가대표 선발전에서 최종 3위라는 성적으로 대표팀에 합류했다. 대표팀 유니폼의 태극 마크를 어느 때보다 값지게 느꼈다.

집중하기 위한
지리산 전지훈련

✳

카바디 국가대표 남녀 팀은 한 분의 코치가 지도를 했다. 선수 출신 코치님은 기초 체력을 강조했다. 체력이 뒷받침 되어야 실전에서 최고치 기량이 나온다고 했다.

카바디 대표팀은 하루 네 차례 훈련을 했다. 매일 새벽 5시에 일어나서 머리를 질끈 묶고 양치를 한다. 선크림을 바른 후 운동복을 입고 새벽 훈련에 나간다. 새벽 훈련은 5시 30분부터 7시 30반까지 2시간 동안 유산소 위주의 달리기 훈련이다. 정말 숨이 막혀 쓰러지기 전까지 뛰기만 한다. 운동장을 뛰고 인터벌을 하고 계단과 언덕을 뛴다.

아침식사 후에 잠시 쉬다가 오전 운동을 9시 30분부터 시작한다. 웨이트 위주로 근력 향상을 위한 운동을 하고 카바디와 체력 훈련을 혼합해 서킷 트레이닝 등을 진행한다.

정오까지 운동을 하다가 점심을 먹고 휴식을 취한 후 오후 2시 30분부터 오후 훈련에 들어간다. 카바디 스킬 훈련을 집중적으로 하고 선수들끼리 경기 호흡을 맞추는 순서다. 개인의 수비와 공격 기술을 향상시키는 훈련도 함께 한다.

저녁식사 후에 그날 부족한 부분을 채우는 야간 보충 훈련까지 하루 4번의 훈련을 산에서 했다.

9월말 항저우대회를 앞두고 한 달 전 8월 중순에 지리산으로 전지훈련을 떠났다. 숙소는 지리산 청소년 수련원이었다. 산 중턱을 오르락내리락 하면서 체력 훈련을 했다. 모든 훈련이 야외에서 이루어지니 날씨의 영향을 많이 받았다.

새벽에 지리산을 뛰는 운동으로 하루를 시작했다. 오전에는 언덕을 뛰거나 인터벌과 계단 뛰기 등 몸에서 흘릴 수 있는 땀은 다 흘린 것 같은 고강도 체력 훈련을 했다. 오후에는 숙소인 수련원에 태권도 매트를 깔고 카바디 훈련을 했다.

수련원 내 오두막처럼 생긴 좁은 한 방에 3명~4명이 같이 생활했다. 수련원 밖을 나가지도 못하고 숨막히는 한 달간을 카바디 집중 훈련을 했다. 대표팀에 합류한 후 지리산에서나 부산 숙소에서나 단체 생활이라 개인 공간이 없었다.

부산의 숙소에 있을 때는 방을 함께 써도 밖에 잠깐 나갔다 올

수 있었는데 지리산에서는 동선이 뻔해서 제약이 많았다.

직업군인으로 군대에 있을 때에는 출퇴근이 있어서 관사에서 개인 시간을 보냈다. 듣고 싶은 음악도 크게 들을 수 있고 TV 프로그램도 취향대로 골라 봤다. 국가대표 선수의 단체 생활은 더 엄격한 절제와 인내가 필요했다.

산이다 보니 식재료에 제한이 있어서 무엇보다 식단이 부실했다. 대부분이 채식 위주의 건강식이었다. 식사 후 편의점에서 사 먹는 아이스크림과 야식, 배달시켜 먹는 치킨과 피자가 그리웠다. 대회가 다가올수록 이런 음식들은 자체적으로 끊기 시작했지만 선택의 자유조차 없는 환경이 숨막히게 다가왔다.

산에서 저녁 훈련까지 마치면 선수들과 모여서 오늘은 뭐가 먹고 싶다, 어느 분식집 떡볶이와 튀김이 정말 맛있는데 하는 대화로 대리 만족을 느끼며 한껏 들떴다.

산에 있으니 훈련에 대한 집중력은 최고조에 올랐다. 언론사 인터뷰나 여러 외부 활동의 영향을 받지 않고 훈련에만 몰입할 수 있었다. 지리산으로 훈련을 간다고 주변에 알리고 오니 사적인 연락이 거의 오지 않았다.

운동, 식사, 휴식 3가지로 몸과 마음, 일상이 정리되었다. 예전에 고시 준비생, 글을 쓰는 작가들이 왜 산으로 갔는지 알 것 같았다. 산은 정신을 분산시키는 요소가 차단된 최적화된 장소였다.

돌이켜보면 힘들었지만 일상의 소중함을 느낀 시간이었다. 한 달 간의 지리산 전지훈련을 마치고 부산으로 돌아왔다. 남은 기간 동안 컨디션 조절을 충분히 했다. 훈련으로 몸을 단련하고 대회를 위한 마인드 트레이닝을 했다. 그토록 간절히 원하고 기다린 결전의 날이 머지않았음을 실감했다.

결과를 알면
미련이 없다

＊

       항저우 출국 일주일 전에 훈련을 하다가 오른쪽 발목 부상을 당했다. 공격 중 넘어지면서 발목 인대를 접질렀다. 처음 눈물이 나왔다.

  곧바로 병원에 가서 인대 급성 파열 진단을 받았다. 일주일 동안 정형외과, 신경외과, 마취재활의학과, 한의원 등 갈 수 있는 병원은 모두 찾아가 진료를 받았다. 도핑에 걸리지 않는 범위 안에서 받을 수 있는 치료를 받기 시작했다.

  간절히 원한 기회를 잡기 위해 전역을 하고 기량을 펼칠 지점이 눈앞에 다가왔는데 부상을 당하다니 믿기지 않았다. 부상의 위험을 피하려고 조심하면서 몸을 단련했는데 순간적으로 급작스럽게 다쳤다.

대회 시작 전 선수 소개

태국 전 공격 시도 중

주전 선수로 첫 경기를 뛰어야 하는 상황에서 인대 부상은 치명적이었다. 그렇다고 포기할 수 없었기에 치료에 집중했고 매일 기도했다. 첫 경기 전날 항저우에 도착했다. 대한체육회 소속으로 온 팀 닥터에게 주사를 맞고 테이핑을 받은 뒤 다음날 주전으로 뛰었다.

우승 후보인 인도와 우리와 전력이 비슷한 태국과 대만이 같은 A조였다. 조 배정의 행운이 따르지 않았고 무엇보다 이를 극복할 만한 개인적인 준비 시간과 실력이 부족했던 것 같다. 장기 복무를 하려다가 전역하고 준비한 아시안게임이었지만 예선 경기에서 3전 3패를 했다.

첫 경기는 전력이 비슷한 태국 전이었다. 근소한 점수 차로 패했다. 두 번째 경기는 카바디 종주국으로 매해 우승 후보인 인도와의 경기였다. '설마 이길 수 있을까? 또 질 수도 있겠네?' 하는 마음이 들었지만 순간에 집중하고 옆의 팀원들을 믿고 내 능력을 믿으며 경기에 임했다.

인도와 겨루는 모든 팀은 인도를 두려워했는데 의외로 전반전이 잘 풀렸다. 실력과 전력 면에서 우리보다 압도적인 인도 팀이어서 자신감을 얻었다. 후반전에 큰 점수 차로 패하긴 했지만 아무리 상대의 명성이 뛰어나고 세계 1위의 팀이라도 해보지 않고서는 모를 일이구나 싶었다. 경기 결과를 떠나서 포기하지 않고 팀원들끼리 믿고 뛰었기에 얻은 경험이자 결과였다. 2연패 후 대만 전에도 패해서 아시안게임 메달 획득 목표를 이루지 못했다.

경기 전 신문사 인터뷰가 주목을 받으며 어느 때보다 큰 국민적 관심 속에서 치러진 카바디 경기였다. 부담은 되었지만 오히려 큰 책임감과 동기부여가 생겨서 모든 것을 걸고 임한 경기였다.

사람은 누구나 원하는 목표를 이루지 못하면 실망감과 허탈감은 든다. 해냈다는 성취감 대신 좌절과 우울감이 밀려온다. 성공한 경험은 자신감을 주지만 실패는 자신을 되돌아보게 하는 자아성찰의 기회를 준다.

재미있는 점은 실패한 경험은 성공에 대한 강한 동기부여가 된다. 부족한 점을 깨닫고 다음 목표를 이루는 효율적인 방법을 찾게 한다. 돌이켜보면 성취하지 못했을 때 과정을 통해 더 많이 빠르게 배우고 성장할 수 있었다.

아시안게임 메달을 땄다면 더없이 기뻤겠지만 노력해서 얻은 결과 값을 알아서 미련도 후회도 남지 않았다. 성공하지 못하고 실패를 해서 한편으로 더 후련한 감정을 느꼈다. 최선을 다하고 기다림 끝에 결과를 본 사람만 안다.

힘든 시간이 끝났다는 안도감이 아니다. 치열하게 준비한 일이 막을 내리면 인생의 매듭 하나를 얻는다. 다음 단계를 위한 또 다른 준비를 시작한다.

실패는 해보지 않아서
결과를 모르는 것이다

✳

카바디에 대한 관심과 응원이 컸던 시기에 결과가 좋지 않아서 많은 분들에게 죄송했다. 전역을 하고 도전했기에 스스로 당당하고 뿌듯한 시간이었다.

국가대표로 선발되어 뛰지 않았다면 결과를 몰랐을텐데 결과를 알아서 기뻤다. 이 과정이 발판이 되어 더 큰 도약을 위한 기회를 만들어 줄 것이라고 믿는다.

나의 선택과 항저우대회로 카바디가 널리 알려져서 감사했다. 성원에 보답하는 메달을 따지는 못했지만 앞으로 후배들이 더 잘 뛸 것이다.

본선 진출이 좌절된 당일 하루만 결과에 대한 아쉬움이 남았다. 자고 일어나니 서운한 마음이 진정되고 괜찮았다.

도전도 중요하지만 결과가 어떻든 받아드리는 과정 역시 중요하다. 내가 선택한 도전이고 최선을 다했다면 그 자체로 충분하다. 결과를 받아들이고 인정하면 배울 점을 찾는다.

아쉬운 결과가 나왔더라도 그 안에 갇혀 있을 필요는 없다. 해보고 결과 값을 알았으니 성과를 얻은 셈이다. 잠시 아쉬움은 느낄 수 있지만 인생 전체의 도전을 망칠 순 없다. 스스로 틀을 깨고 나와 자신을 칭찬하고 기쁨을 누리는 연습을 하면 된다.

경기가 끝난 후 임한 모든 인터뷰에서 내 모습은 침울한 표정의 선수가 아니었다. 후련함과 후회 없는 뿌듯함으로 가득찬 얼굴이었다. 오히려 경기를 이긴 선수처럼 당당한 모습이었다.

미스코리아에 당선되고 학군단을 생활을 마친 뒤 군 입대를 했다. 전역을 하고 항저우대회를 뛰었다. 다시 돌아간다고 해도 같은 선택을 했을 것이다. 어떤 일이 하고 싶고 하기로 마음을 먹었으면 후회와 미련 없이 끝까지 해봐야 한다.

결과에 대한 두려움으로 고민만 하고 시작을 못 하거나, 하다가 안 될 것 같아서 중도 포기를 한다면 패턴이 습관이 된다. 하고 싶은 마음만 있고 남는 게 없다. 마음먹은 대로 결과가 이루어지지 않은 게 실패가 아니다. 결과를 모르는 게 실패다.

인생은 배우는 과정이 있을 뿐 실패했다는 말은 맞지 않다. 마음먹은 일을 실행하고 결과를 알았다면 성공이다.

그토록 원했던 특전사 부대에 노력 끝에 발령을 받아 파병 임무를 완수했다. 두 번째 아시안게임에서 카바디 국가대표로 선발이 되어 경기를 뛸 수 있었다.

성취로 얻은 교훈도 있지만 항저우에서 메달을 따지 못하고 목표를 이루지 못했을 때 배운 점이 훨씬 컸다. 산중턱에서 물을 마시고 땀을 닦으며 이제껏 오른 길과 앞으로 오를 길을 돌아보는 것 같다. 앞만 보고 갈 때는 못 본 산 아래 전망이 보이고 지나가는 사람의 모습도 보인다.

그렇게 숨고르기를 하고 나면 어떤 마음가짐으로 남은 길을 오를지, 체력 안배와 컨디션 조절은 어떻게 할지 자신을 이끌어갈 안목이 생긴다. 이 지점을 최대한 잘 활용하는 게 인생의 지혜가 아닐까 싶다. 산 정상에 오른다 해도 계속 머물지 않고 내려와야 하는 게 순리인 것처럼 말이다.

최고의 멘탈은
일희일비 하지 않는 것

＊

고등학교를 졸업하고 관광공사 직원으로
일하다가 카바디 선수 생활을 했다. 카바디를 시작한 첫 1년은
대학에 가야겠다는 생각이 들지 않았다. 카바디가 좋았고 다른
것을 배우고 싶은 마음이 들지 않았다.

회사 생활 하다가 힘들 때나 퇴사를 결정할 때도 크게 후회한
적은 없었다. 나에게 집중하고 결정한 고유한 선택이었기에 후회
보다 개운한 마음이 들었다. 새로운 출발과 도전을 할 수 있어서
신이 났다.

주변 상황과 사회적인 분위기에 따라 대학에 가서 원치 않는 전
공을 공부했다면 어땠을까? 고액의 학비을 내고 하기 싫은 공부를
하면서 시간을 썼을 것이다. 누군가를 원망하며 허무맹랑한 생

활을 했을 수도 있다.

시간이 지나면서 공부를 하고 싶어졌고 모르는 분야에 대한 지식을 얻고 싶었다. 대학을 또래보다 3년 늦게 입학했다.

사회적인 분위기로 보면 대학 입학이 늦은 나이였다. 대학교 여학생들이 졸업을 하거나 취업 준비를 할 때쯤 학교를 들어갔으니 말이다. 뒤늦게 공부하고 싶은 전공을 정했다. 대학교 등록금과 생활비를 스스로 벌어서 준비를 하느라 남들보다 시기가 늦어진 이유도 있다.

학번과 나이만 바뀌었을 뿐 늦었다는 기준은 없었다. 친구들이 아직 하지 못한 경험을 하며 다양한 사람들을 만났다. 독립할 수 있는 여건을 갖추고 시간과 돈을 벌었다.

어떤 일과 경험, 학업을 시작할 때 시기상으로 늦고 이른 것 없다. 자신에게 충분히 집중하고 원하는 바를 찾으면 된다. 노력하고, 준비가 되었을 때 용기를 내어 시작한다면 더 멋지고 탄탄한 출발점을 찍는 것이다.

조급한 마음은 들지 않았다. 늦은 만큼 쌓인 인생 경험이 쌓였다. 고등학교를 졸업하고 자유를 만끽하려는 신입생들과 달리 대학생으로서 이루고 싶은 것, 하고 싶은 것을 적어 보았다. 대학교 졸업장을 따는 게 목적인 대학 생활은 의미가 없었다.

대학교에서만 경험할 수 있는 일이 무엇인지 생각했다. 자신의 필요와 흥미에 맞는 전공 선택이었다. 점수에 맞춘 입시로 대학을 가는 상황이 아니어서 이 부분을 충분히 고민했다.

취업이 잘되는 학과, 졸업하면 연봉이 높은 있는 학과에는 관심이 없었다. 내가 하고 싶은 공부가 어떤 분야인지 찾는 게 중요했다. 재밌는 건 꼭 해봐야 하는 성격이라 나에게 맞는 전공은 어떤 분야인지 진지하게 탐색했다.

이력서에 대졸자로 쓰려고 대학에 가는 게 아니라 하고 싶은 공부를 하러 대학에 가는 게 목표였다.

다양한 경기와 시합을 치르면서 만났던 장애우 선수들이 생각났다. 그들과 개인적인 교류와 소통을 하며 지냈다. 장애우 선수들이 고군분투하며 뛰는 모습을 보면 가슴이 뭉클하다. 슬럼프를 겪을 때 승리를 향한 그들의 투지는 자극과 동기부여가 되었다.

철인 3종 경기에 도전하는 장애우도 있다. 사고로 팔을 잃은 선수가 수영을 하고 발로만 양궁을 하는 선수도 있다. 침대에 빈둥대며 누워 있는 시간에 불편한 몸으로 뛰는 선수들 모습이 떠오르면 미안해서 벌떡 일어나게 된다.

의족義足과 의수義手를 차고 힘들게 운동하는 선수들을 볼 때마다 어떻게 실질적인 도움을 줄 수 있을까 고민한 적이 많았다.

의공학을 전공해서 장애우를 위한 의료 보조기기를 만들어야겠다고 뜻을 정했다. 의공학은 공과대학 속해 있고 의료기기를 개발하기 위해 의료공학을 공부하는 학과이다.

전공을 정하고 나니 가슴이 뛰었다. 잘 아는 운동 분야에서 장애우 선수들에게 현실적인 도움을 주는 미래를 상상했다. 몸이 불편한 선수들의 필요를 채워주는 전공 공부. 지루할 틈 없이 즐겁게 할 수 있는 공부임에 분명하다.

장애우 선수를 위한
스포츠 브래지어 개발

*

여성 장애우 선수들은 스포츠 브래지어를 착용해야 한다. 기능성 속옷이 상체를 잘 받쳐 줘야 운동에 집중할 수 있다. 스포츠 브라는 탄성이 좋고 탄력이 있어서 한 손으로 잡고 당기면서 다른 손으로는 몸을 넣고 착용하는데 의수를 낀 여성이 혼자 입기 힘들다. 어깨 뒷부분까지 하나로 붙어 있어서 자르지 않는 한 편하게 입을 방법이 없다. 혼자 겨우 입는다고 해도 시간이 오래 걸린다.

힘들게 착용하는 불편함을 해결할 좋은 아이디어가 떠올랐다. 브라의 어깨끈에 탈부착 버튼과 클립을 달면 한 손으로 쉽게 입을 수 있다. 종목과 선수의 신체 특성에 맞춰 인체공학적인 디자인으로 제품을 개발하고 싶었다.

축구 선수들이 골을 넣으면 상의 유니폼을 벗고 세리모니를 할 때 검은색 민소매 옷을 볼 수 있다. 전자 퍼포먼스 트래킹 시스템이 장착된 옷이다. 스포츠 웨어러블 장치가 있어서 선수가 뛴 거리, 최고 속도, 심박수 등의 수치를 측정하는 스포츠 웨어다.

신축성이 좋고 재질도 짱짱하다. 몸의 실루엣이 잘 드러난다. 혈압과 혈중 산소도, 심박수와 운동량 등을 측정해 과학적으로 분석하는 시스템이 내장되어 있다. 대표팀 전담 트레이너는 자료를 토대로 개인별 최적의 운동 프로그램을 짠다.

작곡가들이 영감을 얻으면 운전하던 차를 멈추고 자려고 누웠다가도 다시 일어나 곡을 쓴다고 하는데 그 기분이었다.

공대에서 배운 공학과 수학 지식을 활용해 장애인 선수들, 그중에서도 팔 절단 선수를 위한 기능성 스포츠 브라 개발 프로젝트를 시작했다.

입기 편한 형태의 브라를 개발한 후에 안에 시스템을 장착했다. 심장과 가까운 쪽에 건식 전극을 달아 어플과 연동했다. 선수가 운동하면 심박수를 측정해 알림이 온다. 선수의 심박수는 운동 강도를 조절할 중요한 지표다. 선수의 최저, 최고 심박수를 측정하고 적정 운동 강도에 대한 수치를 운동 시간 내내 실시간으로 전송하는 시스템을 개발했다.

장애우 선수가 운동을 하다가 쓰러지면 만약의 상황을 대비해 브라에 장착된 전극이 이를 감지하여 연동된 어플로 전송한다. 119에 자동으로 신고가 되는 코딩 기능을 장착했다.

의수를 찬 여성 장애우 선수를 위한 편의성 제공, 운동 패턴 분석, 위험 상황에 대처한 스포츠 브라를 의공학과 졸업 과제로 제출했다. 개발 과정 중 대한장애인체육회에 연락해서 도쿄 패럴림픽에 출전하는 팔 절단 선수들을 만날 수 있었다. 실제 신착과 2번의 피드백 과정을 거쳐 최종 제품을 완성했다.

학교 창업지원센터에 해당 아이디어와 제품을 토대로 지원서를 넣고 합격하여 창업 지원금을 받았다. 지원금 전액으로 해당 제품을 대량 생산해서 패럴림픽 선수들에게 무상으로 제공했다.

때에 맞춰 지원금을 받고 필요한 곳에 쓸 수 있었다. 개발 과정에 도움을 준 선수들에게 고마웠다. 진심으로 같이 고민해 주고 피드백을 주었다. 완제품을 꼭 선물하고 싶었는데 도쿄 패럴림픽에서 쓰도록 무상 제공을 할 수 있어서 기뻤다.

하루라도
빨리 실패하자

✳

장애우 스포츠 브라를 개발하는 중에 몇 번이나 결과가 틀어 졌다. 코딩이 잘되지 않고 전극이 값을 정확히 측정하지 못해서 제품의 소재와 기능에 문제가 생겼다. 원치 않은 뜻밖의 결과들이 많았지만 그 과정에서 보완점을 발견할 수 있었다.

미흡한 부분을 지금이라도 알게 되어서 다행이라고 생각했다. 내일이 아니라 오늘, 지금 이 순간에 알고 하루라도 빨리 실패한 것이 잘 된 일이라고 받아들였다. 시간을 아껴 신속하게 부족한 사항을 보완할 수 있어서 기뻤다.

학부 시절을 카바디 선수 생활과 병행했다. 몸을 쓰는 훈련을 하다 보니 체력적으로 연구에 매진하기 힘들었지만 확실한 목표를 세웠고 원하는 결과가 뚜렷해서 포기할 수 없었다.

여러 가지 일을 동시에 할 때 처음 해야 할 일은 우선순위를 정하는 것이다. 제품 개발이 중요한 과제인 것은 맞지만 당시 신분은 카바디 선수였다. 선수에게 가장 중요한 일은 대회에서 좋은 성적을 거두는 것이다. 상황에 맞게 매일매일 우선순위를 다르게 객관적으로 정했다.

카바디 대회를 준비할 땐 선수 역할에 주로 시간을 썼다. 틈틈이 주어진 시간에는 스포츠 브라의 제품 개발에 효율을 높이기 위해 노력했다. 결과 도출 시간을 줄이는 게 관건이었다. 시간 대비 집중 효과가 컸다. 카바디 대회에서는 만족할 만한 성적을 거두고 제품 개발은 차질 없이 진행되었다.

다양한 일을 동시에 하면 마음이 분주하고 복잡하다. 컨트롤이 안 되는 외부 요인과 자신과의 싸움으로 멘탈이 흔들리기 쉽다. 명확하고 정확한 우선순위를 정하면 일이 의외로 수월해진다.

우선순위가 기반이 되어야 흔들리고 지칠 때 다시 굳게 일어설 수 있는 힘이 생긴다. 목표와 우선순위 설정에 아무리 시간이 오래 걸린다 해도 충분한 고민을 거치는 게 좋다. 뿌리가 깊은 나무가 견고하듯이 꼭 필요한 과정이다.

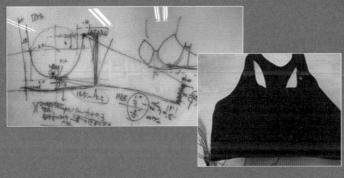

장애우 선수를 위한 제품 개발

목표는 있고
목적은 없다

＊

　　　　　　학부 졸업 과제를 제출하고 군에 임관을 했
다. 과제를 하면서 발견한 결점과 단점이 있었다. 제품을 상품화
하려면 이 기술이 내가 개발한 사실이라는 것을 법적으로 증명해
야 했다. 그렇지 못하면 제품 상용에 제한이 있었다.

　기술적으로 미흡한 점을 보완해서 장애우 선수들에게 최적화
된 좋은 제품을 개발해도 특허를 내지 않으면 독창성을 인정받
을 수 없었다. 학부를 졸업하고 군에 있으면서 이 부분을 어떻게
해결할지 알아봤다.

　카이스트 대학원에 공학적인 지식 기반을 살려 지식 재산 특허
를 공부할 수 있는 지식재산학과가 있었다. 소위 1년차에 대학원
입시를 준비해서 합격했다. 대학원을 다니다가 파병 기간에 휴학

을 했다. 군 생활과 학업을 함께 할 수 있는 커리큘럼이었다. 군의 임무 수행과 대학원 생활은 병행이 가능했다.

"변리사가 되려고 대학원에 가서 공부하는 거죠?"

"아니요. 그럴 계획은 없어요."

"그럼 굳이 왜요?"

대학원에 진학한다고 할 때 많이 받은 질문이다.

배움의 필요성을 느껴서 대학원 공부를 시작했다. 특정 직업을 갖고 싶은 생각은 없었다. 실제로 제품 특허를 내지 않더라도 이 분야의 지식을 쌓고 싶었다.

어떤 일을 할 때 목표는 객관적으로 뚜렷하게 잡았지만 무엇이 되려고 한 적은 없다. 목표는 있지만 목적은 없다는 말이 맞다. 목표와 목적의 사전적인 의미를 비교해서 찾아봤다.

목표: 어떤 목적을 이루려고 지향하는 실제적 대상으로 삼음. 또는 그 대상.

목적: 실현하려고 하는 일이나 나아가는 방향.

미스코리아 대회에 출전했을 때 진선미 안에 들자는 목적이 없었다. 여군의 존재감, 비인기 종목인 카바디를 알리려는 목표로 나갔다. 특전사 부대에 배정받고 싶어서 군에 입대했다. 아시아대회 메달 획득을 목표로 군을 전역했다. 남들이 생각하는 인생의 터닝 포인트, 전환점을 만들자는 목적으로 무엇을 한 적은 없다. 나만의 작고 확실한 목표를 이루기 위해 선택하고 움직였다.

목표는 눈앞에 무언가를 이루겠다는 객관적인 지표다. 목적은 목표 너머에 있고 궁극적인 방향성과 최종적인 결과다. 자신이 정한 목표를 이루다 보면 어느 지점에 도달해 있다. 그 안에서 자연스럽게 목적이 생길 수도 있다.

목적을 미리 정하는 게 목표 달성에 도움이 될까? 목표에 집중하는 데 마음이 분산되고 동력이 떨어질 수도 있다.

목표를 이루려고 노력하면 미래지향적으로 앞으로 나아가는 삶을 산다. 목표를 이뤘을 땐 성장하고 이루지 못했을 땐 성숙한다. 당장은 실패처럼 보여도 목표를 이루지 못한 과정에서만 배우고 얻는 게 있다.

어떻게 하고 싶은 대로 살 수 있냐고 궁금해하는 분들이 많다. 목표는 있고 목적이 없으면 된다. 객관적인 목표 값을 찾아서 정하면 몸을 움직일 수밖에 없다. 미룰 여유와 시간이 없다. 마음과 행동, 두 가지만 있으면 원하는 일을 바로 시작할 수 있다.

남들이 보기에는 목표가 특이하고 생뚱맞아 보이고 실속이 없어 보여도 상관없다. 타인에게 피해를 주는 일만 아니면 신경을 쓸 이유와 필요는 없다.

나를 오롯이 바라보는 시간을 보내면 단기 목표와 장기 목표, 인생 목표를 찾을 수 있다.

PART 5

나에게 집중하는 시간이
미래의 자산이다

강아지와 함께

혼자 있는 시간에
에너지를 충전한다

✳

　　　　　　　일상에서 소소하고 확실하게 나에게 집중
할 수 있는 방법이 있다. 혼자 있는 시간을 마음껏 즐기면 된다.
운동선수와 군인으로 살아서 외향적인 성격처럼 보이지만 그렇
지 않다.

　MBTI 검사 결과 I성향이 90퍼센트인 극 내향형이다. 파워 I라
평소에 혼자 있는 시간을 즐긴다. 혼자 책을 읽거나 음악을 듣고
강아지를 산책시키는 행복은 이루 말할 수 없다.

　미국에서 돌아와 후 국내 고등학교를 1년 다니면서 친구들의
모습에 놀랐다. 자리에 없는 친구 뒷담화를 쏟아놓다가 그 친구
가 오면 언제 그랬냐는 듯이 반갑게 맞았다. 처음부터 험담을 하
지 말든지, 방금 전까지 험담을 해놓고 살갑게 대하는 이중적인

태도가 의아했다.

누군가의 뒷담화를 같이해야 친해지는 문화인지, 아직 성숙하지 않은 어린 학생들이라 그런지, 개인 성격 탓인지 이해가 되지 않았다. 아는 친구들이 없어서 맞는 그룹을 찾던 중에 혼자 지내는 게 편한 건가 하는 마음이 생겼다.

결국 혼자이기를 선택했다. 억지로 그룹 안에 들어가 틀 안에 나를 끼워 맞추기보다 나의 가치관을 지키며 지냈다. 그러다 보니 나에게 집중할 수 있는 시간과 기회가 많이 주어졌다. 대학 입시와 취업을 놓고 선택할 때도 긍정적인 영향을 끼쳤다.

다른 사람의 옷과 신발, 말투와 행동이 마음에 안 든다고 비난하고 안 좋게 이야기 하는 문화는 미국에서 온 나에게 낯설고 적응하기 힘들었다.

모든 사람의 개성을 존중하고 각각의 외모와 생각이 다를 수밖에 없다는 차이를 인정하는 것이 당연하다고 배웠다. 개인의 차이에 대한 인정과 수용, 관용이 없다면 어떻게 사회가 유연하게 발전할 수 있을까?

한국에서의 마지막 고등학교 1년은 남의 흉을 보는 친구들의 그룹에 속하지 않고 혼자 생활했다. 혼자가 싫어서 마지못해 억지로 그룹에 들어가서 맞추고 노력하는 아이들도 있었다. 혼자를 선택한 덕분에 내가 원하는 바를 이루는 한 해였다.

자기 일에 집중하면
남의 일에 관심 없다

＊

어려서부터 운동을 했고 공대와 군대를 가면서 남성들과 함께 지내는 시간이 많았다. 얼굴을 보고 할 말을 하고 돌아서면 끝이다. 마음에 앙금이 생길 틈이 없다.

성인이 되어서 가끔 만나는 여성들은 여고 시절을 떠올리게 했다. 누군가를 비난하면 에너지가 생기는 것일까. 여성들이 모이면 이럴 수밖에 없는 것일까.

나중에 알고 보니 일부 여성만 그랬다. 한정된 경험에 의한 선입견과 편견에 불과했다. 자기 일에 집중하는 여성들은 타인의 영역에 들어가서 판단하지 않았다.

선을 넘은 지나친 관심에서 남을 향한 비난은 시작된다. 몰입하고 열중하면 남에게 관심을 쏟을 수가 없다.

실력에 걸맞게 인격과 인품이 좋은 분들은 자기 시간을 허투루 쓰지 않는다. 남의 일에 관심을 갖고 시시비비를 가릴 시간에 할 일을 하면서 삶을 즐긴다.

미국에서도 그랬고 성인이 되어서 만난 멋진 여성들은 공통점이 있었다. 자신이 속한 영역에서 전문성을 높이고 진취적인 삶을 살았다. 한결같이 내면의 성숙에 집중했다.

사람은 누구나 어쩔 수 없이 남과 비교할 수밖에 없는 동물이다. 비교가 남을 시기하고 질투하는 관점에 머물러 있으면 부정적인 에너지가 커진다. 상대는 우월해 보이고 나는 한없이 열등해 보인다.

비교의식을 자신의 문제점과 부족한 점을 발견하는 기회로 삼아 고치고 채우는 노력을 하면 성장한다. 자신이 발전하는 에너지로 활용한다면 비교를 통한 올바른 가치를 얻은 것이다.

자기 일에 집중하는 사람들은 남을 헐뜯는 도구로 이용하지 않는다. 스스로 성찰하고 부족한 점을 메우려고 노력한다.

지금 시작하면
후회하지 않는다

✳

한국 무용은 예전부터 배우고 싶었던 분야의 춤이었다. 어렸을 때부터 태권도, 육상, 스턴트 치어리딩, 카바디 등 다소 과격한 운동을 자연스럽게 이어서 해왔다. 피아노와 발레, 춤을 배운 적이 없었다.

자신이 갖고 있는 고유의 선을 표현하고 한국 전통 음악에 맞춰 아름다운 동작으로 하나의 멋진 작품을 그려 내는 한국 무용에 대한 동경이 있었다. 카바디와 군대, 전역 직후 아시안게임까지 쉴 틈 없이 달렸다.

항저우 아시안게임이 끝난 후 용기를 내서 한국 무용을 시작했다. 시작한 지 6개월 정도 되었는데 '왜 이제야 배웠을까' 하는 생각이 들 정도로 재밌다. 더 잘하고 싶은 목표가 생긴다.

또 한번 생각했다. 역시 다음에, 나중에, 언젠가라는 단어는 정말 무서운 말이구나. 안일한 생각과 합리화로 10년이 훨씬 지난 지금에서야 그토록 배우고 싶었던 한국 무용을 하게 되다니.

단순한 취미든, 꼭 해보고 싶은 분야의 일이든 현실적인 상황을 핑계로 미루지 말자. 절대 후회하지 않는 방법은 지금 당장 시작하고 시도하는 것이다.

한국 무용 솔로 공연

경험이 없는 일에서
얻는 게 많다

✳

항저우 아시안게임 이후 감사하게도 여러 곳에서 강연 섭외가 들어왔다. 대학교 학군단과 군사학과를 비롯해 대학원의 다양한 전공별로 말이다. 국내 대기업과 규모가 큰 공공기관까지 강연을 듣는 대상자의 범위가 넓어졌다.

특이한 경력을 갖게 된 동기가 궁금해서 직접 만나 이야기를 듣고 싶다고 했다.

강연을 해본 경험이 별로 없고 사람들 앞에서 말을 하는 게 쑥스러워서 망설였다. '내가 뭐라고, 강사 자격이 있는 건가?' 스스로 부끄러운 생각이 들었다. 수많은 부대원들을 지휘하고 관중들이 직관하는 국제 경기를 한 경험도 있었지만 제한된 공간에서 1시간이 넘는 시간 동안 혼자 말을 해야 한다는 부담감이 컸다.

주최 측의 강연료를 받는 유료 강연이고 듣는 분들의 귀한 시간을 할애하는 일이니 만큼 폐를 끼치고 싶지 않았다. 아무 말 대잔치를 하는 것이 아니라 들을 만한 이야기, 유익한 메시지를 전해야 한다는 책임감이 있었다.

군에 있을 때 멘토처럼 존경하고 따르던 상급자 분에게 조언을 구했다.

"너에게 특별한 메시지를 기대하는 강연이 아닐 거야. 가장 듣고 싶은 건 너라는 사람이 가진 생각과 가치일 거다. 편하게 너의 이야기를 전해라. 오히려 네가 그분들의 다양한 생각과 경험을 배우는 시간이 될 테니 겸손한 자세로 임하면 된다."

마음이 한결 가벼워졌다. 극 내향성이라 강연을 준비할 때부터 강연이 끝날 때까지 마인드 컨트롤이 필요했다. '지금부터 나는 외향적인 사람이야!'를 속으로 수없이 외쳤다.

떨림으로 시작한 강연은 내 이야기를 들려주는 경험이 아닌, 청중과 호흡하며 그들의 생각을 듣고 배우는 자리였다. 학군단 후보생들과 군사학과 학생들을 대상으로 한 대학교 강연에서는 나의 군 경험을 바탕으로 조언을 해주었다. 아직 군을 경험해보지 못한 후배들에게 가장 최근에 전역한 일원으로서 최신 군 정보와 실제 군 생활에 대한 이야기를 들려주었다. 학생들이 갖고 있는 궁금증을 해소하기 위해 1시간이 넘는 질의응답 시간을 보냈다. 이 과정에서 정말 다양한 경험과 경력이 있는 후보생들의 국가관과 군인에 대한 가치관을 들을 수 있었다. 그동안 미처 깨닫지 못한 분야까지 성찰할 수 있는 소중한 기회였다.

내가 가진 에너지를 주어진 강연 시간에 최대한으로 쏟아부어서 전달하려고 노력했다. 신기하게도 내가 열심히 할수록 강연을 듣는 이들의 눈동자에서 더 큰 에너지와 힘을 얻었다.

풋풋한 나의 학부 시절이 떠올랐다. 하얀 백지처럼 경험과 지식은 아무것도 없지만 그렇기에 꿈꿀 수 있는 특권이 있었다.

대학원 강의는 나보다 연장자 분들을 대상으로 진행했다. 나의 경험과 생각을 먼저 이야기하고 질문을 던져 다양한 답을 들었다. 듣는 과정에서 전문성 있고 학문적인 지식을 기반으로 한 생각을 들을 수 있었다. 강연을 듣는 분들에게 더 많이 묻고 배운 시간이었다.

삼성과 포스코이앤씨 등 대기업에서는 신입사원부터 차장과 부장급 등 중간 관리자와 임원들을 대상으로 강연을 했다. 대학교 입학과 졸업의 일반적인 루트를 선택하지 않고 고등학교 졸업 후 취업을 먼저 한 이유와 특이한 경력에 대해 궁금해 했다. 강연을 듣는 내내 신기한 눈빛이 인상적이었다.

나이와 직급의 스펙트럼은 넓었지만 공통점인 질문이 있었다.

"어떻게 주변의 또래들과 비슷한 길을 가지 않고 자신만의 길을 갈 수 있었어요? 매번 새로운 분야에 대한 도전을 겁내지 않고 할 수 있는 비결은 무엇인가요?"

내 답변은 간단했다. 그저 부족함이 느껴지는 부분이 생기면 용기를 조금 보태서 바로 채우려고 뭐든지 실행에 옮겼다고 했다. 명문 대학에서 취업 스펙을 쌓아 대기업에 입사한 그들에게 나는 새로운 모습으로 비춰졌다.

도전을 시작한 순간마다 갖고 있었던 결핍과 마음가짐을 차분히 전했다. 그 경험과 과정을 꾸밈없이 말했다. 강연을 듣는 많은 분들의 표정과 질문이 나를 돌아보게 하는 시간이었다. 큰 조직에 속해 있는 나와 배경이 다른 분들의 이야기를 들으면서 수용력과 포용력을 가질 수 있었다.

실패를 '실패로 끝났다'고 받아들이지 않으면 된다. 도전을 통해 얻을 수 있는 게 더 값진 교훈이라고 생각한다. 모든 도전은 그렇게 무섭지만도 어렵지만도 않다.

지금 하지 않으면 나중에도 하지 못한다는 마음을 갖고 매순간에 집중하면 된다. 그러다보면 어느 순간 자신의 부족함과 배우고자 하는 목표를 이루기 위한 여정에 이미 임하고 있는 자신을 발견할 수 있다.

강연이라는 새로운 도전은 벌써 시작됐다. 나의 이야기를 전하고 쌍방향으로 실시간 소통하고 배우는 자리다. 완벽하진 않

아도 듣는 분들에게 내가 품은 작은 용기를 전할 수 있다면 보다
만족스러운 강연의 여정이 되지 않을까 싶다.

강연에서
강의로

*

올해 3월부터 대학에서 학생들에게 강의를 하고 있다. 좋은 기회를 얻어 내가 가진 지식과 경험을 학생들에 나누며 뜻깊은 하루하루를 보내고 있다.

내가 맡은 강의는 체육, 영어, 군사 그리고 법 총 4가지로 나뉜다. 스포츠 영어, 군대 체육, 병영 실습, 군사법 등 여러 과목에서 나만의 전문성을 전한다. 살아 있는 교육을 제공하기 위해 노력하고 있다.

누군가를 가르치는 일을 꿈꾼 적은 없다. 항상 순간의 나에게 집중하고 나를 위한 새로운 도전을 선택하는 삶을 살았다. 다른 누군가의 미래를 위해 가르치고 돕는 일은 생각해 본 적이 없었다.

내가 어떠한 분야에 전문성이 있다고 하더라도 누군가를 가르치는 일은 전혀 다른 능력이어서 강의를 하는 일이 어렵게 보였다.

기업과 공기관을 포함한 다양한 대학교에서 강연 요청으로 많은 사람을 만나게 될 때마다 그들의 고민을 상담했다. 개인적인 요청으로 따로 약속해서 만난 적도 있었다.

나를 찾는 분들이 필요로 하는 이야기나 정보를 제공해 주었다. 때로는 자료를 준비해서 추가적인 강의를 하기도 했다. 비슷한 제안과 요청이 많아졌고 수업 개설을 희망하는 사람들이 늘어났다.

군 간부를 희망하는 이들의 체력 증진을 위한 체육 수업, 영어 성적 향상을 위한 토익 수업, 조직 내 리더십 등 다양한 과목의 겸임 교수 임용 제안이 들어왔다.

예전 같으면 누군가를 가르치는 일에 자신이 없어서 제안을 거절했겠지만 강연을 하면서 달라졌다. 나만의 전달법이 생기니 자신감을 얻었다. 일회성 강연보다 강의가 학생들을 체계적으로 지도할 수 있을 것 같아서 강의 요청을 수락했다.

강연 요청과 문의가 지속적으로 들어왔다. 전부 답하기 어려운 상황이었다. 강연보다는 강의가 긴 호흡으로 지식과 정보를 전할 수 있어서 적합한 통로가 될 것 같았다.

준비를 잘해서 나의 지식과 경험을 나누면 나 역시 성장할 수 있는 기회가 될 수 있겠다 싶었다. 작년 말부터 강의 교안과 지도 계획을 세워서 올해 첫 강의를 시작했다.

강의를 듣는 사람은 앉아서 듣고 앞에서 가르치는 사람은 지식을 설명하고 전달하기만 하면 된다고 생각했다. 내 경험을 돌이켜보니 강의는 무엇보다 듣는 사람과 가르치는 사람이 서로의 다른 지식적 배경을 인지하고 이해하는 게 중요하다. 무엇보다 눈으로 소통하고 공감하는 과정이 뒷받침되어야만 강의 내용이 전달되어 학생들이 이해할 수 있을 것 같았다.

학생들이 일방적으로 듣는 주입식 강의 방식에서 벗어나 보기로 했다. 과목에 대한 지도 방법과 말의 속도, 감정 전달 등 강의 내용을 받아들이고 있는지 확인하면서 학생들에게 맞춰갔다. 설명이 부족하거나 이해가 안 되는 부분은 솔직하게 표현하고 실시간 눈을 보며 확인하도록 했다.

아직 많이 부족하고 배워나가야 할 부분들이 많다. 쌍방향 소통 중심의 강의를 들은 학생들의 뿌듯한 표정과 밝은 제스처를 보니 마음이 가벼워졌다.

강연은 배정된 하루 혹은 그 시간 안에 앞에 있는 사람들에게 나의 메시지와 가치를 전달하는 일이다. 강의는 지식을 전달하고 마음을 주고받는 과정이다. 강의하는 사람의 지식과 전문성이 강의를 듣는 학생들의 이해와 공감으로 이어지면 좋은 교육이 이루어진다.

젊음의 특권은
태세전환

＊

인스타그램에 게시물을 올리고 나면 1분 전, 10분 전 이런 식으로 문구가 남는다. 시간이 더 지나면 1일 전, 3일 전으로 남는다. 공과 품을 들여서 공유해도 올린 시점은 과거가 되어버린다.

지금 올린 게 아니라는 꼬리표가 붙는다. 게시물의 스토리와 퀄리티도 중요하지만 업데이트를 잘하는 계정이 팔로워도 늘고 활성화된다. 진지하고 긴 글이 아니라 짧고 공감도가 높은 글이 반응이 좋다.

인스타를 일기장처럼 활용하고 있다. 친한 사람들의 권유로 소통을 하려고 계정을 개설했다. 하다 보니 기억하고 싶고 간직하고 싶은 순간이 있는 날에 사진과 글을 올리는 습관이 들었다.

일기를 쓰고 싶었던 오래된 목표를 뜻하지 않게 이룬 기분이다. 시간을 내어 일기장을 펴고 글을 쓰는 일이 숙제 같은 부담이었다면 매일 들고 있는 휴대폰으로 일기 쓰기라는 목표를 이룬 셈이다. 지인들과의 소통은 물론 다양한 사람들과 사회에 대한 정보를 자연스럽게 얻을 수 있어 현재 가장 많이 이용하는 플랫폼이다.

인스타는 요즘 MZ 세대의 특징이 반영된 채널이다. 예전에는 10명이 입사 동기로 들어가면 1명만 그만 두고 정년퇴직할 때까지 일을 했는데 지금은 반대다. 1명이 그 회사에 남을까 말까고 나머지는 이직이나 휴직을 한다고 한다. 거쳐 가는 N번째 회사 중 하나일 뿐이다

불과 얼마 전까지만 해도 한 회사에 오래 일하지 않는 젊은이들을 인내와 끈기가 없고 불성실한 조직 부적응자로 판단했다. 한 직장에서 최소 3년은 버텨야 뭐든 해낼 수 있다는 의견이 지배적이었지만 지금은 그렇지 않다.

다양한 직장과 업종에서의 경험으로 자신만의 전문성을 확실히 찾아서 쌓으려는 젊은이들이 많아졌다. 한 번에 목표를 달성하면 좋겠지만 그렇지 않을 때가 많다.

이직과 휴직을 하거나 프리랜서의 업무 방식으로 사회 경험을 쌓으며 하고 싶은 일, 잘하는 일을 찾아나갈 수도 있다.

젊음의 특권은 태세전환이다. 강한 사람이 살아남는 게 아니라 변화에 대처하는 사람이 살아남는 시대다. 물론 목표 없이 기분에 따라 즉흥적인 선택을 하면 안 된다.

변화에 능동적으로 반응하고 자신이 원하는 것에 올인하는 자세와 태도를 지녀야 한다. 나이가 들어서도 과감한 결단을 하는 분들이 있긴 하지만 많지 않다. 변화에 대한 두려움은 커지고 결과에 대한 자신감은 떨어지기 쉽다.

심리 전문가들은 좋은 변화에도 스트레스가 따른다고 한다. 젊을수록 스트레스를 감당할 체력과 에너지가 있다. 덕분에 삶의 여러 상황에서 안정되고 미래가 보장된 길을 따르지 않고 하고 싶은 일을 하거나 부족한 부분을 채우며 살아왔다.

선택을 할 때마다 유연성과 겸손이 필요하다. 새로운 분야에 대한 가능성을 발견하고 지금 내가 최고가 아니라는 사실을 항상 깨달아야 한다.

내 자신과
사랑에 빠지다

＊

　　　　　　나이가 젊다면 모두 젊은 사람일까? 그들만을 젊은 사람이라고 표현하는 게 맞을까? 아니다. 자신이 처한 상황에서 용기를 가지고 도전과 실행하는 사람, 가능성과 정확한 길이 보이지 않더라도 시도해서 실패가 주는 값진 경험을 얻기 원하는 사람이 젊은이다.

　우리 나이로 서른이 되면서 "올해는 나도 나이가 좀 먹은 건가?", "이제는 무엇인가를 확실히 정하고 안정적인 삶을 살아야 하는 때인건가?"라는 생각을 한 적이 있다. 그런 생각은 순간에 지나지 않았다.

　새로운 나를 찾고 나의 부족함을 채우기 위해 찾아 떠나는 여정 중이다. 지금도 나 자신과의 사랑에 빠져 어떤 부분을 갈망하고 원하는지에 대한 답을 찾으려고 한다. 매일 나에게 집중하는 시간을 갖으려고 노력한다.

정확한 목표가 생기면 어제의 나, 몇 년 전의 나처럼 경험과 시도로 얻을 수 있는 성공과 값진 실패의 맛을 보기 위해 첫발을 내딛는다.

'내가 누릴 수 있는 젊음은 과연 언제까지일까?' 라는 질문이 생길 수 있다. 그 답은 언제까지 도전을 이어가느냐에 따라 달라질 것이다. 젊음은 어떻게 사느냐에 따라 평생 지속 가능한 가치가 된다. 어떻게 이 가치를 지켜낼지는 사람마다 주어진 순간을 대하는 자세와 태도에 따라 달라질 것이다.

잃은 것이
이룬 것으로

*

        우리는 한 치 앞도 모르는 인생을 산다. 미래는 아직 오지 않은 시간이다. 1시간 뒤에 어떤 일이 생길지 아무도 모른다. 시간 앞에 인간이 무력한 이유다. 계획대로 안 되는 인생이니 무계획이 계획이라고 하는 사람이 있다. 한 번 사는 인생이니 시간을 허비하지 말고 계획적으로 살아야 한다는 사람도 있다.

    그동안 참 계획대로 되지 않은 상황이 많았다. 운동선수로서 매 경기마다 그랬고, 군인으로서 매 훈련을 최선을 다해 계획하고 준비해서 임해도 예상치 못한 일들이 발생했다. 결과 역시 노력과 무관하게 예측 불가였다.

    미래는 대비할 수 없는 시간이자 정복되지 않는 대상이다. 미래를 대비할 수는 없어도 계획할 수는 있다. 어떤 일이 일어날지 모르는 미래 자체에 대한 계획이 아니다. 미래에 놓인 나를 위한 계획이다.

1초 후에 나, 내일의 나, 1년 뒤에 나, 그리고 10년 뒤에 나도 미래의 나이다. 언제 어떤 상황에서 누구와 어떤 삶을 살게 될지는 모른다.

미래의 내 모습은 지금 어떻게 계획하고 실행하느냐에 따라 달라질 수 있다. 계획을 세울 때 자신에게 끊임없이 질문을 던지고 그 질문에 대한 해답이 나올 때까지 생각하고 탐색한다.

해답을 찾았다면 그것을 이루기 위해 충분하고 정확한 계획을 세운다. 시간이 걸린다 해도 조바심을 버리고 인내를 투자해서 만들어 내야 한다.

새로운 일과 도전을 시작할 때 가장 중요한 것은 구체적인 계획을 세우는 일과 명확한 동기부여를 하는 일이다. 탄탄한 기본기를 다지는 과정이다. 기본기를 다지는 시간은 정확한 문제점을 찾고 해결할 수 있는 답을 만들어 낸다. 답을 내 것으로 만드는 현실적인 목표를 세운다.

목표를 세울 때 좋은 방법은 최대한 가장 세밀한 사항들까지 적는 것이다. 동기부여를 확실히 심는 시간이다. 그래야만 목표를 이루는 과정에서 흔들리고 헷갈리고 포기하고 싶은 순간들이 왔을 때 다시 목표에 집중할 수 있고 나를 잡아주는 동기부여가 된다. 힘든 순간을 극복하는 비밀병기다. 그렇기 때문에 충분한 시간과 공을 들여 이 기초 작업에 최선을 다할 것을 항상 강조한다.

이 단계를 거치지 않으면 같은 상황이 왔을 때 금이 가기 시작한 건물처럼 위태로워지다가 결국 무너진다. 탄탄한 기초공사로 지어진 건물이어야 어떤 외부적 요인이 들어와도 굳건히 버틸 수 있고 끝까지 남을 수 있다.

도전을 할 땐 충분한 시간과 노력으로 기본을 세우는 과정에 투자해야 한다. 그래야만 도전의 마지막 결과를 받아들일 때 실패하더라도 건강하게 받아들일 수 있다. 성공 같은 실패가 되는 셈이다.

한번 해보자는 마음으로 구체화되지 않은 목표와 어설픈 동기부여로 도전을 하면 얻는 게 없다. 실패를 했을 때 결국 "내가 뭐 그렇지"라는 자기 비하와 도전에 대한 부정적인 감정만 남는다.

탄탄한 기본기를 갖추고 최선을 다했다면 남들이 볼 땐 결과가 아쉬워 보여도 후회 없이 결과를 받아들일 수 있다.

다음에 도전할 때에는 자신의 부족한 점을 신속하게 찾고 수정하고 보완하는 과정을 거친다.

오늘보다 나은 내일의 나를 위해서 계획과 목표를 구체적으로 세워 보는 건 어떨까?

무익한
도전은 없다

✳

2018년 자카르타 아시안게임에서 아쉽게 메달을 따지 못하니 슬럼프가 왔다. 대회 성적에 연연해서 훈련하는 일 외에 카바디에 도움이 되는 일을 하고 싶었다.

카바디 선수로서, 이 운동을 사랑하는 한 사람으로서 무엇인가를 하고 싶었다. 그때 내 눈에 들어 온 나라가 중국이었다. 당시 대만, 홍콩, 마카오 등의 여러 중화권 나라는 카바디 종목을 하고 있었다. 중국은 카바디가 보급되지 전이었다.

중국처럼 많은 인구가 분포된 나라가 카바디를 하면 종목이 더 발전할 것 같았다. 중국이 카바디를 하면 홍보 효과를 높이는 역할을 할 수 있기 때문이다.

감독님과 코치님을 찾아가서 중국으로 가서 1년만 있다가 오겠다고 부탁했다. 한국 국가대표 선수로서 중국에 가서 직접 카바디를 보급시키고 오겠다고 전했다. 카바디 교육뿐 아니라 중국어를 정복해서 이후 개최되는 국제 대회에서 중화권 나라와 경기하면 직접 팀 통역과 소통을 책임지겠다고 약속했다.

중국어라곤 "니 하오" 밖에 못하는 나의 제안에 감독님과 코치님은 많이 당황하고 의아해했다. 결정하는 데 고민하는 시간을 거치긴 했지만 무엇이든 하겠다고 하면 항상 결과물을 갖고 오는 나를 지켜보았기에 허락해 주었다.

중국 연태에 있는 루동대학교로 유학을 떠났다. 대외한어과 입학과 동시에 체육교육학과 학과장님을 만나서 이야기했다. 중국어를 할 줄 몰라서 실시간 번역기를 돌려가면서 소통했다. 아무 페이도 받지 않고 체육교육학과 학생들에게 학기 중에 카바디 강의를 개설해서 알려주겠다고 했다.

선수 생활을 하면서 배운 카바디에 대한 지식과 정보, 실제로 카바디 운동과 기술을 학생들에게 가르치는 일이다. 추후 열리는 아시안게임을 비롯한 국제 대회에 출전할 수 있을 정도의 실력을 갖출 수 있게 돕겠다고 했다. 이 학교에서 첫 카바디 국가대표 선수가 나올 수 있도록 기여하고 싶다고 말했다.

주 1회, 3시간씩 체육교육학과 학생들을 대상으로 강의를 개설하여 카바디 수업을 진행했다. 학생들은 새로운 종목에 대한

흥미를 보였고 나 역시 다양한 자료를 준비하고 프로그램을 구성하여 매주 수업을 이어나갔다.

학기말에는 학교 내 대회를 소규모로 개최하여 학생들끼리 팀을 구성하여 시합을 했다. 내 명의로 직인을 찍어서 수료증과 상장도 발급하여 주었다.

2023년 항저우에서 개최된 아시안게임에서 중국 국가대표팀의 출전을 기대했지만 아쉽게도 대표팀은 아직 구성이 안 되어서 찾아볼 수 없었다. 실제 경기장 내 많은 자원봉사자들과 학생들이 카바디 종목을 알고 있었다.

카바디 과목을 가르친 나에 대한 언론 기사가 알려진 이유도 있지만 루동대학교에서 나에게 배운 체육교육학과 학생들이 체육교사로 임용되어서 중국 학생들에게 카바디를 가르쳤다고 한다.

무모한 도전이었지만 중국에 카바디를 홍보했고 새로운 스포츠 종목으로서 자리 잡을 수 있었다. 나의 선택과 노력으로 인한 변화를 느낄 수 있어서 도전의 가치를 배우고 확인했다. 그래서인지 항저우에서 매달은 못 땄지만 개인적으로 더 값진 2번째 아시안게임이었다.

돈보다
나를 지킨다

＊

　　　　　　　항저우 아시안게임이 끝나고 방송사를 비
롯한 여러 곳에서 출연 제안이 들어왔다.

　이름을 대면 모두 아는 큰 엔터테인먼트 회사에서 각 직업군
을 한 명씩 선발해서 토론 프로그램을 시작한다고 했다. 특정 주
제에 대해서 직업군을 대표하는 사람들이 어떤 생각을 갖고 있
는지 말하는 형식이었다. 군인과 운동선수, 미인대회 출신으로
다양한 직업군을 경험했으니 할 이야기가 많을 거라고 했다.

　섭외 제안을 받자마자 단번에 거절을 했다. 회당 출연료가 다
른 프로그램에 비해 월등히 높아서 출연료만 놓고 봤으면 거절
할 이유가 없었다. 거절한 이유는 하나였다. 직업의 대표성을 띠
고 말을 하면 군인과 운동선수, 미스코리아 출신들에게 피해를

줄 것 같았다.

토론을 하다 보면 말이 길어지고 공방이 생긴다. 무심코 뱉는 한 단어로 인해 소속된 직업군 전체를 욕보일 수도 있겠다는 생각이 들었다. 토론은 지적인 역량과 내공뿐 아니라 체계적인 준비가 필요한 일이다. 방송 토론에 출연할 만큼 내가 준비되지도 않은 상황이었다.

우희준 개인으로 출연하면 말실수를 해도 사적인 질타로 끝나는 일인데 소속 집단에게 폐를 끼치는 일은 할 수 없었다.

호기심이 많아서 새로운 분야에 도전과 실패를 반복하지만 항상 지키는 철칙이 있다.

'남에게 피해주는 일은 하지 말자.'

명확한 기준이 있다 보니 하지 말아야 할 일은 즉시 판단할 수 있다. 나를 위한 득과 실을 정확히 따져서 결정하지만 주위 사람에게 폐를 끼칠 일은 먼저 거르게 된다. 주변 사람을 지키는 일이 결국은 나를 위한 일이다.

세상과 소통하며
웃고 울다

*

나를 위해서, 내가 하고 싶어서 한 선택과 노력이 많은 분들의 관심과 응원을 받았다. 한편으로는 의아하고 당황스러웠다. 내가 가고자 하는 길에서 매순간 최선을 다한 것뿐인데 3자의 시선에서는 신기하고 놀라울 일인가 하고 말이다.

운동선수와 군인 그리고 미스코리아 당선자로서의 역할과 일을 했을 뿐인데 어느 순간 카메라 앞에서의 내 모습은 해당 직업을 대표하는 사람으로 비춰졌다.

의견을 말하고 생각을 표현할 때마다 조심스러웠고 신중하게 대답하려고 노력했다. 해당 직업과 직책에 대해 대표성을 띄는 대표자도 아니고 그저 경험이 있는 한 사람에 불과했다.

미디어의 특성상 내가 한 말에 조금 더 살을 붙이고 과장해서 표현할 때가 많았다. 나로 인해 대중들에게 내가 가졌던 직업들이 안 좋은 시선으로 보이길 원치 않았다.

신중한 언행과 현재 신분에서 부끄러움 없는 올바른 선택, 건강한 가치관을 토대로 활동하려고 노력한다. 가끔은 힘들고 다른 방향에 흔들릴 때도 있다. 관심과 지지로 응원하는 분들 덕분에 최선을 다해 목표에 집중하는 삶을 살 수 있었다.

운동선수로서 운동법을 소개하는 것부터 체육에 대한 건강한 인식과 가치를 심어주는 콘텐츠 촬영을 한다. 군인으로서 현역 간부들에게 다양한 체력 훈련 방법과 군사 영어를 알려준다.

현역 때는 육군 간부 모집 홍보 대사를 했다. 전역 후에는 국방부 홍보 모델, ROTC 홍보 대사, 육군학생군사학교 홍보 대사로 위촉받아 활동 중이다.

전 미스코리아 수상자로서 새로운 미스코리아의 표본을 알리는 촬영을 한다. 조금은 서툴고 숨길 수 없는 부끄러움이 많이 묻어나는 사람이지만 사회를 위해 내가 해야 할 몫이 있다면 최선을 다해 임하려고 한다.

아리랑 국제방송에서 뉴스를 소개하는 고정 프로그램으로 맡아서 하고 있다. 방송에서 나눌 소식을 직접 고르고 스크립트를 작성한다. 뉴스로 소통하는 시간이다. 여러 가지 주제와 이슈에 대해 다양한 직업군과 성장 배경을 갖은 나의 생각과 의견을 궁

육군 홍보 모델

금해하는 분들이 많았다.

국방 FM 〈프리즘〉의 '우 중위의 부대 점호' 코너에서 용사들의 고충과 고민을 상담하고 있다. 야전에서 임무를 수행하는 용사들의 군 생활에 조금이나마 도움을 주고자 시작했는데 매주 상담 건수가 30여 건에 달한다. 현역, 예비역, 군사 후보생들의 사연을 듣다 보면 삶의 애환이 느껴진다.

국방 현역에 있는 모든 장병부터 예비역 그리고 후보생들까지 '군'이라는 공통 연결고리가 있다. 그 안에서 다양한 고민을 나누고 소통한다. 경험을 토대로 최선을 대안을 전하려고 노력한다. 군사 영어 지식까지 나눠줄 수 있어서 감사함을 느낀다.

나로 인해 한 명이라도 삶의 용기와 자신감을 갖고 가치관에 도전을 받을 수 있다면 소통하는 활동을 계속 하려고 한다.

사람들에게 도움을 주는 일을 하고 싶었다. 아리랑 국제방송과 국방 FM 활동은 새로운 경험을 넘어 도움을 주는 창구 역할을 한다. 내가 할 수 있는 일로 사회에 작은 보탬이 되고 싶다.

미래를 위한
인생 득템

✳

      '10년 후에 나는 과연 어떤 모습일까. 한 달 후, 1년 후에는 무엇을 하고 있을까.'

  5분 뒤에 일어날 일도 모르는데 미래를 생각하는 일은 무의미한 일이다. 1초 뒤의 나도 미래의 나다. 누구를 만날지 어떤 일이 생길지 모른다. 그때 내가 무엇을 원하는지도 모른다.

  현재에 집중할 수밖에 없는 이유다. '나중에 뭐하지?' 하는 생각이 들기 전에 하고 싶은 걸 하는 중일 테니까 말이다. 미래는 두렵고 막연하지만 현재는 지나가면 돌이킬 수 없다. 100퍼센트 라이브로 진행 중이다.

  과거는 어쩔 수 없고 미래는 알 수 없다. 지금 이 순간은 마음먹은 대로 할 수 있다. 부족한 점을 채울 수 있고 잘못된 점을 고칠 수 있다. 과거를 후회하고 미래를 걱정해도 아무 소용이 없다. 시간만 허비할 뿐이다.

미래의 내가 무엇을 하고 있을지는 알 수 없지만 당장 하고 싶은 일은 있다. 지금 그 일을 잘하려고 계획하고 준비해 나가면 미래의 내 모습을 어렴풋이 만날 수 있다.

계획대로 잘되지 않고 결과가 좋지 않아도 앞으로 나가면 성장하는 나를 마주한다. 실패가 두려워 아무것도 하지 않고 가만히 있지만 않으면 된다.

무익한 실패는 없다. 실패를 했더라도 배우고 남는 게 분명히 있다. 나를 위해 유익하다. 성공은 성공대로 실패는 실패대로 인생 득템이 된다.

항상 나의 부족함에 집중하고 이를 채우고 싶은 갈망이 컸다. 결핍은 결단하고 실행하는 용기의 원동력이 된다. 지금 애써 외면하고 직면하지 못하는 일이 있다면 '나중에, 내년에, 언젠가' 라는 말로 미루지 않으면 된다.

이 책의 마지막 페이지를 넘기는 순간 여러분의 '앞으로'를 바꿀 '현재'의 목표를 다이어리에 적기를 바란다.